世事烟云过眼
心底执念永恒

appraising

过眼

陈宏伟 著

河南文艺出版社
·郑州·

图书在版编目(CIP)数据

过眼 / 陈宏伟著. -- 郑州:河南文艺出版社,
2025.7. -- ISBN 978-7-5559-1702-1

Ⅰ. I247.5

中国国家版本馆 CIP 数据核字第 20251UK606 号

选题策划　　俞　芸
责任编辑　　俞　芸
装帧设计　　刘婉君
责任校对　　梁　晓

出版发行　　河南文艺出版社
社　　址　　郑州市郑东新区祥盛街 27 号 C 座 5 楼
承印单位　　河南瑞之光印刷股份有限公司
经销单位　　新华书店
开　　本　　889 毫米 × 1194 毫米　1/32
印　　张　　5.5
字　　数　　84 000
版　　次　　2025 年 7 月第 1 版
印　　次　　2025 年 7 月第 1 次印刷
定　　价　　68.00 元

印厂地址　河南省武陟县产业集聚区东区(詹店镇)泰安路
邮政编码　454950　　电话　0371-63956290

目录 —— CONTENTS

物色

第一章

一

1999 年冬天那个大雪纷飞的下午，宝清只因替刘大美前往本市电报大楼排了一次队，如同在码头误登上一艘客船，驶入变幻莫测的大海，开始了随浪起伏的人生。

刘大美穿着紧身露脐的瑜伽服，在舞蹈教室教一群女学员挺胸、摆胯、提臀，据说在排练一个元旦联欢会的舞蹈节目。室内有暖气，她的后背细汗微渗，看到窗外骤然而降的大雪无比欢喜，却又畏惧寒冷。宝清溜到舞蹈教室门口，想问她排练结束后是否有空一起去逛胜利路夜市，街口有一家她喜欢的鸭血粉丝汤和糖炒栗子。刘大美说："你来得正好，帮我去电报大楼排个队。"她说着从羽绒服侧兜里抽出一张电影票似的卡片。宝清问："你们这个舞蹈叫什么名字？"刘大美说："《采茶姑娘》，表演时有道具，背个竹编的小背篓，怎么样？"宝清摇摇头说："没劲。"刘大美眨眨眼问："怎么说？""有点像减肥操。"宝清想了想说，"你不如教她们来个钢管舞。"刘大美回头看了看那群女学员，低声吐出一个字："滚。"宝清看了看手里的卡片，说："让我滚去电报大楼排队干啥？"刘大美扑哧笑了，说："邮政局今天发行一种特种邮票，你凭这张预约卡去帮我买回来。"宝清疑惑地说："没听说你集邮啊。"刘大美嘻嘻哈哈地说："不集邮，我闺蜜给我的，反正浪费了也可惜，你去看看嘛，顺便捎一包糖炒栗子。"

宝清知道电报大楼，以前市民的发电报之所，电文言简意赅，按字收费。手机出现之后，电报业务式微，电报大楼改成邮政局的一个营业所。天空雪花飞舞，地上积着厚厚的雪，宝清一出门，脸和手脚都冻麻了。他沿着东方红大道走了半个多小时，来到电报大楼。

门口几级台阶，上面有一条约三米宽的走廊，水磨石地面。走廊上平时有一些古玩贩子摆地摊，一块方毡摊在走廊，上面摆着古钱、玉石、铜杂件等玩意儿，宝清路过时每每见到，却从未留意。他跺跺鞋上的积雪，走进电报大楼，里面只有零星几个人。当天发行的是一套名为中国古钟的特种邮票，四枚共计五块两角钱，根本不需要刘大美给他的预约卡，可以随意申购。电报大楼和别的邮政营业所不同的是，这儿负责发行全市的纪念邮票，还可预订邮票年册。宝清买完邮票，揣进大衣内兜，他站在走廊上看着漫天飞雪，心里直叹气，买糖炒栗子还得去胜利路，路程不算远，走过去却挺费劲。

"你买那个古钟票，明摆着扔钱，不如买我这个。"冷不防旁边一个人说。宝清看了看他，三十多岁的精瘦汉子，蓄着络腮胡，可能因为是雪天，走廊只有他一个人摆地摊，有邮票册、连环画，还有一册银币，旁边放着一只黑皮包。络腮胡手里晃着一枚装在透明塑料袋的邮票说："革命样板戏《红色娘子军》，看这大长腿，翘得多高，多得劲！"宝清不置可否，邮票上一

5

排娘子军手持长枪，竖起脚尖跳芭蕾，看上去的确英姿飒爽，可他对邮票并不感兴趣。 他蹲下去看了看地上那一册银币，想起家里也有两枚，是外祖父弥留之际传给母亲的。 币册里有一枚银币上写着"大清银币"，下面写着"宣统三年"，宝清心里一动，自己名字有个"清"字，他有点喜欢这枚"大清银币"。"有假的吗？ 这种假的多少钱？"宝清问道。 络腮胡怪笑了一下，说："邪门，还有要买假币的。"宝清心想，这种地摊多半是假货，当真的买容易吃亏上当，不如直接说买假的，况且自己也分辨不了真伪。

"假的四十块，买了可不许退哈！"络腮胡将币册翻到最后一页，抠出一枚看上去很精美的银币，只是币面上有一个芝麻粒大的小坑，像被尖锐的利器所刺伤，递给宝清说："这个大清宣三带戳记，算是高仿。"宝清问："什么是戳记？"络腮胡哈哈一笑："钱庄的账房先生收大洋时，为了鉴别是不是银子，用钢戳往银币上戳一下，留下的硬伤，就叫戳记，假币打戳，很有迷惑性，一般人看不出来。"宝清点点头，心里却已经后悔了，不该说买假的。 他往旁边看看，发现一本华光普编著的《中国银币目录》，定价十五元，为了找退路，就说："四十块买那枚假币，送这本书吧？学习学习。"络腮胡问："刚开始玩儿吗？"宝清说："是的。"络腮胡说："币和书一起收五十吧，以后想要钱币，找我就对了，我经常去外地钱币市场，要啥东西我都能搞得到。"宝清问："您贵姓？"络腮胡说："我姓左，左雪樵，雪中砍樵。"

宝清闲时翻阅那本《中国银币目录》，连看几遍，对中国银币有个大概了解。他发现书上的银币要么过于珍稀，高不可攀；要么过于普通多泛，没甚意思。而他最迷茫的是，不知道怎样辨别钱币真伪，把买左雪樵的假大清银币翻来覆去地看，也看不出个所以然。中国机制银币铸造于晚清和民国两个时期，晚清分为光绪元宝和宣统元宝两类，俗称"龙洋"，民国铸造的主要是袁世凯像、孙中山像银币，俗称"袁大头""孙小头"。书上的银币品类繁多，虽然只是一些黑白拓片，却也令人无限遐想。快下班的时候，宝清提前走一会儿，拐到电报大楼，那条走廊相当于一个地摊市场，除了古玩贩子，还有本市的玩家，聚集在一起聊天。如果遇到下雨，地摊就会临时撤进电报大楼大厅，邮政局的工作人员也会默许。宝清几次悄声向不同的人打听："我想认识一个只玩真银币的人，咱这市场有这样的人吗？"有人问他："你想干啥？"宝清说："想拜师学艺。"那人说："你想多了，玩钱币人人都想玩真的，但有谁能做到不打眼？"又有人说："不用拜师，你多交几次学费，自然就学会了。"还有人反问："我就只玩真的，你想学啥？"宝清怔了怔，陷入尴尬。旁边有人说："老左的眼力不错。"宝清听了没吭声，老左，估计说的是左雪樵，他想认识一个眼力好且品行佳的老师，左雪樵肯定不算，因为他随时都能从钱币册里取出一枚赝品，太不让人放心了。

这天，有一个古玩贩子从乡下收货回来，布袋里大约有十多枚银币，他将布袋往电报大楼走廊的水磨石地面上轻轻一放，发出一种金属碰撞之音。旁边一个坐在马扎上的老者说："薛彪子，你袋子里有枚假币。"众人皆笑，让拿出来验证。被喊"薛彪子"的人不服气，将十多枚银币倒出来，逐一敲击听音，果然有一枚袁大头声音明显偏尖，听着刺耳。他又用两指扣住袁大头，猛地一吹边齿，迅速放耳边听余音，然后愤然道：

"他娘的腿，真是假的！"宝清心里暗惊。旁边人调侃

道："薛彪子这趟地皮白铲了！"宝清听出这话的意思，

说明薛彪子是下乡收货的，寻找一线货源，赚点微薄利

润，俗称"铲地皮"。

老者听音辨物之能，在宝清看来无异于登云盗斗，

正是他苦苦寻觅的良师。老者手心握着一只玉貔貅，

不停地摩挲盘玩，宝清以为他是玩玉的，没想到他的钱

币道行如此之深。宝清凑过去，蹲在老者身边问："老

师您贵姓？"旁边有人明白他的用意，说："这是申老

师，眼力一流，你跟着申老师学习钱币就对啦！"申老

师六十多岁，身材微胖，左眼睛有疾，眼球萎缩了，而

右眼似乎要弥补左眼的不足，看上去异乎寻常的犀利，

仿佛能洞察一切。

二

申老师是纺织机械厂的职工，据说该厂曾经辉煌一

时，生产的纺纱锭子占据全国市场的半壁江山。宝清不知纺纱锭子为何物，因为厂子已经于20世纪90年代倒闭。申老师当工人没几年，提前办理了病退，投身收藏三十余年了。宝清说："申老师，我想认识一位只玩真币的老师，他们说您就是。"申老师坐在电报大楼门口的台阶上晒太阳，摆摊贩子收到老货，或者藏友们搞到看不懂的东西，都会拿来请申老师过眼，才能吃下定心丸。申老师淡淡地说："他们说是就是吧。"宝清又说："他们既然玩币，为什么要玩假币呢？只玩真币多好啊，做一个纯粹的人，一个纯粹的玩家，为什么要沾赝品呢？"申老师微微一笑，他手里的玉件换成了执荷童子，说："其实都想玩真币，一是虽然看似在玩，却不深入研究，以致眼力不济；二是现实原因逼迫，他们也没办法，所以自古收藏圈就是鱼龙混杂。"宝清不解，说："玩真币是自己的意愿，自己的选择，我一辈子就只想玩真币，所谓入境不染尘，谁能逼我呢？"申老师叹口气，说："比如有个开古玩店的币商叫老边，他是个能人，和一些上层人物交往甚密，他开始也想做正经生意，可是和上层人物一块儿混，吃喝玩乐靡费巨大，卖真币的利润托不住，久而久之，他就盘弄一些赝品，偶有真币也是有暗伤或修补的东西，蒙一个算一个，反正那些人也不太懂，又有冤枉钱，你说这算不算被逼的？"宝清听了，心里五味杂陈，觉得好气又好笑，想了想说："这并不能构成沾手假币的理由，就好像女人不能因为生计所困就去按摩房卖身。"申老师用异样的眼神看了看宝清，像是对他的话有所触动。 过了一会儿，申老师说："玩真币只是起码的要求，就像吃粗粮可以填饱肚子，但不能说一辈子只吃粗粮吧，还得奔着精米白面去，所以玩钱币不能说只玩真币，而是想着玩美品钱币，玩难得之币，即所谓不要老多普，而要少精稀。"宝清连连点头称是，他能意会申老师的话，"老多普"就是老货、多泛、普通，"少精稀"就是少见、精品、稀有。

说老边，老边就来了。 他梳个大背头，发丝锃亮，像个暴发户老板，手里拎着一只清代粉彩大罐，画片是四个端坐于琴凳上的仕女，芭蕉叶之间绘着十五个玩耍的童子。 老边小心翼翼将大罐放在地上，说："申老师，这只罐子请您过眼，我看是开门货，四妃十六子题材，可怎么也想不通，只绘了四妃和十五名童子，没见过这种绘法啊！”众人凑过去看，罐子彩头自然，包浆古朴，散发着一种不容置疑的晚清老瓷器的真品神韵。

娶四房老婆，每房老婆再生四个儿子，大约是古人多子多福的朴素理想，其实也是一种人生意淫。 老边用手指敲敲罐子说："就因为少了一个童子，被人说成不伦不类的赝品，你说冤不冤枉？"申老师捧起罐子，倒过来看看底足，又迎着阳光看看皮釉，最后数了数画片上的童子，连数两遍，的确是十五个。 申老师轻声说："东西不错，标准器。"此言一出，宛若一锤定音，众人对真伪不再存有疑问。"既然画四妃十六子，画师就肯定不会犯下少画一个童子的失误。"略一思忖，申老师又说，"这罐子口沿无釉，说明上面原来有个盖，第十六个童子，就趴在盖上，老边，你的盖子呢？"老边连连拍大腿，说："对，对，太有道理啦，收来就没有盖，盖子丢啦！"众人立刻顿悟，心悦诚服。 申老师的说辞不敢说百分之百正确，却也让人一时无法反驳，他给罐子的画片找到一个无懈可击的完美解释。 宝清只听说申老师深谙钱币之道，没想到对瓷器竟也能有如此见解，这种多门类收藏知识熔于一炉的功夫令他神往着迷。有人说："老边，这是上层人物喜欢的菜！"老边嘿嘿一笑。

电报大楼地摊散场的时候，薛彪子骑电动车匆匆路过，大约刚"铲地皮"回来，给申老师看一枚雍正通宝铜钱，宝泉局，要价十块。申老师看了看，没有还价，痛快地从兜里抽出钱给他。薛彪子笑嘻嘻地说："还是申老师眼力好，我刚才在前面碰到老边，他说这个币烫手，啥眼力啊！"申老师笑而不语。待薛彪子骑车离开，申老师指着铜钱背面的满文对宝清说："这枚雍正是宝云局，云南钱，他把满文钱局认错了，值十五块。"虽然只差五块钱，申老师似乎心情大好。宝清不解地问："他说的烫手是啥意思啊？"申老师摇摇头说："调侃之语，意思是才出炉的赝品，还带着炉温，所以烫手。"宝清恍然大悟，说："他们这些行话也真有意思。"申老师又说："行话有时就是装神弄鬼，比如他们若说一个东西真漂亮，意思也是赝品，做工漂亮嘛，这种讥讽之语，外行人往往听不出来。"宝清连连点头。

申老师提着马扎回家，宝清陪着他边走边聊。申老师说："清代共有二十四个铸钱局，名字用满文镌刻在铜钱的背面，表明钱币的铸造地，当年货币流通时，满人识得，汉人却识不得，但今天我们既然玩钱币，这二十四个满文单字一定要学会、记准，甚至要像赌徒摸麻将牌一样，手指一搓就知道是哪个钱局。"宝清内心暗暗称奇，说："这么复杂。"申老师又说："不仅如此，比如新疆银币，部分品种有回文纪年，还得认识一些简单的回文，不然哪年铸造的都不会分辨。"宝清觉得脑袋瓜子嗡嗡响，感觉消化不过来，说："申老师，我小时候在农村，老辈人都特别喜爱银币，他们称之为银洋，说起来就津津乐道，我想把银币的入门知识学会、学透。"申老师微微一笑。 路过中山路口时，申老师忽然说："到家里坐会儿吧，让你看看银洋。"宝清心里一喜，读完了《中国银币目录》，他迫切想见识一下银币实物。

申老师大约住的是纺织机械厂家属院，楼道没装玻璃窗，用水泥方格栅栏拼成的透气窗，典型的20世纪80年代的建筑风格。 申老师推开门，女主人正在做饭，看上去比申老师年轻些，很端庄贤淑的样子。 申老师说："这是宝清，很不错的年轻人。"宝清来不及多想，脱口而出喊道："师娘好！"女主人非常高兴，热情招呼宝清坐下，给他泡茶。 没有说过要拜师，宝清觉得慌乱中喊一声师娘，好像是间接向申老师拜师了，申老师没说什么，像是默认了，这让他感到愉悦。 和寻常玩收藏的人家里满地瓶瓶罐罐走路绊腿不同，申老师家里几乎看不出玩收藏的痕迹，客厅没有博古架，没有古董陈设，桌案上没有任何古玩摆件，只有两个大书架，摆满了收藏类的书籍，书架两侧挂一副楹联：方圆乾坤里，疑义相与析。 师娘沏好一杯信阳毛尖茶，放茶几上，笑着问道："小伙姓什么？ 看我记性不好，都忘了。"宝清说："我姓陈，陈宝清。"师娘点点头说："嗯，小陈，喝茶，以后经常来玩哈。"宝清说："好的，谢谢师娘！"抿了一口茶，侧脸看了看书架，瓷器、玉器、古炉、铜镜、造像、砚台各个方面的书都有，钱币书籍最多，还有一些收藏家的人生传记。

片刻工夫，申老师从卧室取出两本银币收藏册，笑吟吟地像端吃食一样端给宝清，说："玩收藏最忌东一耙子，西一扫帚，不成体系。 我建议你玩玩江南币和北洋币，这是我的部分藏品，你看看。"宝清翻开钱币册，瞬间惊呆了，江南币收藏册里有江南省造戊戌、己亥、庚子、辛丑、壬寅、癸卯、甲辰、乙巳八个年号，北洋币收藏册里有北洋造光绪二十三年、二十四年、二十五年、二十六年、二十九年、三十四年六个年号，每个年号的银币均有多种版别。 江南龙秀丽多姿，北洋龙标志端庄，江南老龙、新版龙、珍珠龙、凹眼龙、眼镜龙，灯光映照下龙的全身反射出层层荧光，世界仿佛静止了，宝清像是进入一种类似沉浸于梦境的美妙时刻。 申老师逐一介绍各个不同年份龙图的区别，还有同年份的版别差异，宝清越听越着迷、陶醉，欲罢不能。

申老师自言自语似的说："在小地方玩钱币，只能觅得这些寻常之物，真正的钱币珍品，很难见到，比如江南龙系列我差个无纪年的老江南，北洋龙系列我差个光绪二十二年，你还年轻，只要认真学，未来大有可为……"宝清痴迷其间，有点舍不得合上钱币册，傻傻地问："我怎样才能学会辨别钱币的真伪？"申老师说："睹物观色，睹物，是看钱币的铸造细节，真币的细节特征是一致的；观色，是看钱币的包浆韵味，真币的自然神韵是不可模仿的。"宝清像是听懂了，又像是没听懂。 不知不觉天色暗下来了，宝清感觉再不离开有点失礼，想了想说："申老师，我能借阅一些您的钱币书吗？"申老师哈哈一笑，说："这就对了，先看书，要懂得不同钱币之间的比价关系，再看钱币标准器，拿标准器养眼，慢慢就能融会贯通。"申老师从书架上取出两本书递给宝清，一本是施嘉干编著的《中国近代铸币汇考》，一本是林国明编著的《中国近代机制金银币目录》。 宝清接在手里，说："您说要看钱币标准器，我现在还没有，您能让个给我吗？"申老师沉默片刻，从江南钱币册里取一枚戊戌，找个方形水晶钱币盒装起来，递给宝清说："你现在还缺乏判断力，先拿去玩几天，喜欢了再说，不喜欢就还给我。"宝清忙不迭地说："肯定要，多少钱？"申老师想了想说："五百吧，给别人得六百。"

三

　　宝清 1998 年大学毕业，读的戏剧影视文学，是学校发给"派遣证"的最后一届分配生，据说次年就改为"报到证"了。 他被分配至东方红影剧院，听上去还专业对口。 影剧院是自负盈亏单位，一帮演员排练的现代戏没市场，经济效益日渐滑坡，就索性将中心剧场承包给社会上游走的草台班子，什么样的演出都接，门票一般五块钱。 影剧院三、四楼的配房，改造成舞蹈教室、棋牌教室、台球室和录像厅。 演员全都化身普通职工，各尽其能，才能挣来工资。 青年演员刘大美也帮助草台班子布置场地，搬道具，什么活儿都干，偶尔登台演个配角、唱支歌，甚至要客串一下主持人。 宝清作为新来的大学生，被逼着学习给影剧院画海报，录像厅的广告牌也得日日更新，宝清每天用浓艳的广告色写下一串香港女星的名字，叶玉卿、李丽珍、舒淇、翁虹，注明"倾情巨献""另有加演"之类。 录像厅一天二十四小时营业，分白场和夜场，音箱音量开得很大，男女叽哇乱叫的声音传到大街，把影剧院搞得乌烟瘴气。宝清初入社会，本想像贝多芬一样掐住命运的咽喉，现实却把他掐得翻白眼。混了几个月，他就想辞职去南方试试运气。

有一次，有个马戏团来演出，压轴节目是《美女与蟒蛇》。美女躺在床上，巨蟒在她身上缠绕、穿梭、爬行，美女只穿三点式。马戏团团长指导宝清画出巨幅海报，画面是美女与蟒蛇同眠，美女酥胸半露，蟒蛇缠在她的身上，冲她的红唇吐着芯子。不巧的是，马戏团的女演员突然病倒了，发高烧四十摄氏度。马戏团团长急得团团转，如同火烤猴屁股，别的节目可以替换，这个压轴节目却不行，许多观众都是冲着这个节目来的，说是看蟒蛇，但没有美女同眠，蟒蛇就没人看了。正上天无路入地无门的时候，马戏团团长看到了帮忙搬梯子的刘大美，顿时眼睛发亮，觉得她丰胸细腰的身材与节目要求非常吻合，立即游说刘大美出演《美女与蟒蛇》，报酬丰厚。本以为会有一定难度，没想到刘大美几乎没加思考就答应了，根本不需要跟她解释那条巨蟒没毒，也不咬人。"我不是为了钱。"刘大美冲着团长掏出的钞票鄙夷地说。 刘大美的名气就这样传开了，成了影剧院响当当的名角。 宝清暗暗喜欢上了刘大美，不是因为看了《美女与蟒蛇》相中她的身材，而是喜欢她大大咧咧的性格，还有她高鼻梁上几颗淡淡的雀斑，有种让人头晕目眩的美。 因为刘大美的原因，他慢慢打消了去南方的念头。

宝清回到在影剧院的单身宿舍，两个钟头就读完了向申老师借阅的钱币书。 看扉页签名，才知道申老师名叫申国裔。 钱币书上主要是图片，对各省铸币情况只介绍个大概，比如申老师收藏的那些银币版别，书上大多没有涉及，读完有点意犹未尽。 他在台灯下观赏那枚江南省造戊戌，正面的"光绪元宝"四个字庄重圆润，一笔一画闪耀着中国书法的传统魅力。 背面的蟠龙磅礴大气，铸造时的千钧之力使每一片鳞片都清晰可数。 边齿不像现在的硬币一丝不乱，规矩如齿轮，而是粗细交错，似弹奏琴曲，灵动自如，变幻有致。 币的包浆如同被人压在箱底遗忘了一百年，自然氧化成一层浅黄色的淡雅薄锈。 如果拿人来比，宝清觉得刘大美是秀色可餐，而这枚戊戌是"锈"色可餐。 拿它和买左雪樵的赝品大清宣三比，气质和派头有云泥之别，给人的视觉感受也不一样。 看向大清宣三，过不了几秒钟，就心里泛起浮躁，目光不自觉地游离；而观赏戊戌，则心安神定，看很久都丝毫没有疲倦之感。 宝清捏着那枚戊戌入睡，天亮时发现，经过一夜辗转，银币竟然握在手心没有掉落。

周六上午，宝清去电报大楼，没见着申老师，向旁边人打听，说申老师来过，可能去工人文化宫了。 和别的币商聊会儿天，宝清发现他们往往说着话，眼睛却不停地向马路两边左右逡巡，盯着过往路人的神态举止，遇到来卖家这儿看古玩杂件的，第一时间打招呼与其接头，生怕错失了生意。 天长日久，他们的眼睛都像生出一种贼光。 坐一会儿，宝清觉得无聊，就起身骑电动车去工人文化宫。 在文化宫路中段，有一个圆形广场，中间围个溜冰场，音乐震天响，周边多家电子游戏厅，门口挂牌工人文化宫，仿佛工人就喜欢溜冰和打游戏。 人行通道两旁，摆了许多小地摊，看相算命、象棋残局、皮鞋钉掌、维修手表等各种营生，还有几个在地上竖个白底红字牌子，上面写着"回收黄金首饰、银圆"。这些人虽然回收银圆，但和电报大楼的古玩贩子不同，这些人不收古玩杂件，只要黄金或银圆，大约在他们眼里，银圆是以银子的重量来论，和银圆的珍稀度并无多大关系。转了一圈，宝清看到了申老师，他正坐在一个回收黄金银圆的地摊前跟摊主聊天。摊主是个矮胖子，四十岁年纪，面前的板凳上放一个脸盆，盆里盛满水，水色浑浊，旁边还立着一把火枪，可以用于清洗黄金和检验真伪。申老师看见宝清，脸上笑眯眯的。宝清说："申老师，我去电报大楼，他们说你在这里。"申老师说："正要找你，下午若有空，跟我一块儿下乡。"

这时，路中间走过来个老妇人，看了看小摊，略带迟疑地问："收老钱是吧？"摊主说："是啊，收银圆，有东西吗？"老妇人想了想，从怀里掏出一个手绢包，慢慢解开，露出一枚包浆古旧的银币。宝清的心瞬间提到了嗓子眼，第一次见到收货场面，想凑过去看看，见申老师坐马扎上一动不动，就忍住了。老妇人说："看我这个银洋，多少钱管收。"摊主接过银币，只轻轻瞄了一眼，说："锈太多，要洗洗。"几乎与此同时，不等老妇人同意，就将银币抛入面前的脏水盆里。 老妇人问："你干啥？ 我的银洋呢？"摊主说："有锈，看不清楚，在我这洗银水里泡一分钟就干净了，清洗不要钱，洗好了我给您好好看看。"

摊主掏出烟来，递给宝清一支，笑着说："有空来玩儿，我是你麻哥，叫我麻四也中。"说着又掏出打火机要给宝清点上。 宝清觉得他笑得怪怪的，说："谢谢，我不抽烟。"一分钟眨眼即逝，麻四从水盆里摸出那枚银币，原来的包浆果然全部退掉了，变成干净的白板币。 麻四把银币用布擦了擦，托在掌心说："大娘，这东西多，不值钱，可以给二十块，您看卖不卖？"老妇人有点生气，说："太贱了，以前有人给过两百都没卖。"麻四嘿嘿一笑说："大娘，真值不了那么多，二十若不卖，您再问问别人。"说完把银币还给老妇人。

宝清看出那是一枚清代光绪户部造币厂铸造的造币总厂银币，俗称"造总"，比大清宣三还少，就想加钱买下来。 申老师像是看出宝清的想法，忽然站起来说："宝清，我们走吧，还有事。"宝清想看看老妇人的银币，申老师扯了一下他的胳膊。走出几步，申老师低声说："你是不是没看出门道？"宝清不明白申老师的意思，说："是枚造总，很好的东西，我看不出真假。"申老师不作声，把马扎交给宝清，从兜里掏出一沓百元现钞，数了数，大约有四千块的样子，然后把钱揣好，长叹一口气说："我刚把你师娘的金手镯卖了，筹点钱，下午跟我一块儿去买个好东西。"宝清一听，既兴奋又难过，对收东西他很有兴致，但没想到申老师会卖师娘的首饰，问："什么东西？"申老师笑着说："有个贩子，从南京朝天宫古玩城搞回来一枚直齿老江南，这个品种大都是鹰洋边齿的，直齿的非常稀少，我物色了十几年，都没遇见过，下午你陪我跑一趟。"宝清说："好，我跟着您去开开眼。"

"这个麻四，从部队转业到我们纺织机械厂，按说老天对他不薄，当副厂长，可惜时运不济，风光没两年，厂子垮掉了，跑到工人文化宫来谋生计，刚开始跟人家学算命，一天蒙个十块八块，后来倒腾起了金银首饰……"申老师背着手，像讲故事一样边走边说。宝清看到一家大肠汤馆，停下来说："申老师，快吃午饭了，我们吃份大肠汤吧！"申老师点头说："行，不过我还得回家一趟。"大肠汤是豫南的特色小吃，将猪大肠切成丝，和大块的豆腐、猪血一起炖，盛在传统的粗瓷大碗里，撒上椒麻油、葱花，就米饭吃，非常解馋。宝清好这一口，不过刘大美不喜欢，嫌太油腻。宝清招呼店老板，要两份大肠汤。坐下来，申老师一边剥桌上的几颗蒜瓣，一边问："刚才麻四耍的招数你没看破吧？"宝清说："不是没收吗？我也觉得奇怪。"申老师微微一笑，说："老太太的银币被他换掉了。"宝清愣了一下，说："怎么可能啊，我亲眼看着他交给了老太太。"申老师摇摇头，说："麻四鬼得很，水盆里原本放着几枚赝品银币，他诈称洗一下，把老太太的银币扔进去，捞出的是事先备好的赝品假币，老太太的银币其实还在水盆里面。"宝清心里一惊，说："怎么可以这样？这不是比卖假币还恶劣吗？"申老师淡淡地说："普通人，尤其是年纪大的人，绝不能把家传的银币让这些人过手，只要让他们摸几下，就会被偷偷调包，下乡'铲地皮'的人也是如此，一旦价格谈不拢，往往使出偷梁换柱的手段……"宝清听得浑身发冷，想起麻四给自己递烟时怪笑的样子，可谓皮笑肉不笑，说："狸猫换太子，江湖险恶啊！"店老板将两份大肠汤端上桌，宝清还气呼呼的。 申老师拿起筷子说："吃吧，不是江湖险恶，是人心险恶。"

四

申老师要去的地方叫武胜关，位于市区以南三十公里之外鸡公山脚下的一个集镇。 得益于鸡公山的清澈山泉，镇上的水磨豆腐很出名。 宝清骑电动车将申老师带到国道路口，两人搭上一辆开往鸡公山的过路中巴。 申老师腰里揣着钱，宝清让他坐在里面靠窗的座位，自己坐在外侧。 窗外是冬季的田野，路两边杨树的叶子早已落尽，树梢上筑有一些疑似已被废弃的鹊巢，天色灰蒙蒙的，像在酝酿一场雪。 申老师双手抱在胸前，眉头微皱，有点心神不宁之状。 宝清问："'老江南'的价格谈好了吗？ 要多少钱？"申老师眉梢一挑。 宝清意识到申老师行事谨慎，不该在车上说钱的事情。 过一会儿，申老师用拇指和食指比画了个"八"字，在宝清面前一晃，宝清点点头，明白是八千，这确实算得上一笔重金，相当于一部今年上市的摩托罗拉新款手机的价格，而宝清一个月的工资才八百块。 中巴车前行中猛一颠簸，申老师忽然来了精神，问道："那枚江南戊戌，你回去仔细看了没有？"宝清说："每天都看，非常喜欢。"申老师又问："那你发现戊戌的暗记没有？"宝清傻了，他读的几本书都没有关于银币暗记的记载，申老师也没提起过，自己从未往暗记的方面想，一时愣住。 申老师说："看币不能落入虚无，要注重发现，从关键细节中看出门道，币面上的图案好比一幅实景地图，有平地，有丘陵，还有高原和高峰，暗记一般藏在丘陵地带，确保银币在流通中受到相当程度磨损之后依然可辨真伪……"宝清听得心头豁然开朗，这道理并不复杂，想来确实如此。 申老师又说："'光绪元宝'的'宝'字有个'缶'字，'缶'字第一撇的末梢处，有个突然下陷的台阶，你回去用三十倍放大镜仔细看看，那就是戊戌的暗记。"宝清心里赞叹申老师心细如发，不用问，这是申老师独自发现的心得，而非书上的记载。

车到武胜关，宝清和申老师从中巴上下来，走过国道边的下坡，旁边有条溪流，沿着小溪往里走，左右两山夹峙之下形成一道峡谷，拐过一片枫杨树林，面前露出一汪水潭，水潭对面卧着一户院落。申老师说："到了，就是这家。"宝清心里抑制不住有点兴奋，这绝对算得上好景致，半山腰上种着毛尖茶，溪沟里长满了灌木和一丛丛的葛藤，结着难以辨认的浆果，冬日的潭水倒映着山间的怪石、树木的虬枝，远处似有泄水之声隐隐传来，山谷显得苍茫而岑寂。

房子是三间青砖大瓦屋，看上去有些年头了，院子里有张用磨盘支起来的石桌，两旁的石凳却翻倒于地。不待敲门，主人笑着迎出来，说："申老师，您还真来了，欢迎光临寒舍。"申老师说："儿子今天没空陪我，这是宝清，刚开始玩币的年轻人。"主人连连点头，招呼申老师和宝清在堂屋中央的方桌前坐下，冲里屋喊道："沁玉，泡茶。"宝清看着主人脸上的络腮胡，憋了足足两分钟，那个名字在脑海里几乎要爆炸的时候，终于想起来，竟是左雪樵。申老师大约不知道宝清认识左雪樵，一直未提及他的名字。与此同时，左雪樵也认出了宝清，却不点破，说："刚开始玩儿，要多看看华光普的书，然后理论联系实际。"他的话里透出一种可意会不可言传之意。

这时，一个少妇从里屋走出，二十出头年纪，粉妆玉琢，顾盼生辉，手持一把粉彩仕女图茶壶，冲申老师和宝清略微颔首，沏了三杯毛尖茶。宝清看到茶叶片在茶杯中曼妙飞舞，说："你们住的地方真美啊！"少妇微微一笑，轻声说："偶尔看一次是风景，看久了只有寂寞和荒凉。"说完放下茶壶，款款返入里屋，留下一缕摄人心魄的清香之气。宝清记得刚才左雪樵喊的是沁玉，真像一块美玉啊，一时竟有些走神。

左雪樵说："两位请喝茶，内人炒的。"申老师端起茶杯，尝了一口，说："茶好，水也好，一方水土养一方人。"左雪樵说："门口这条溪水往东流，经淮河汇入大海，我们也准备像溪水一样，走出这山沟沟，去外面找找出路。"申老师摇摇头说："非也，你叫雪樵，樵者不离山。"左雪樵哈哈一笑，说："申老师在讲玄学。"

茶续二遍水，申老师说："看看东西吧。"左雪樵说:"行,早给您备好了。"说着从供桌的抽屉里拿出一个铁盒,哗啦一声,将铁盒里的钱币倒在桌子上,大约十几枚,宝清看了看,有老云南光绪、新疆饷银一两、北洋25年、大清宣三带点、二十二年船洋等几枚银币,还有天启十一两、咸丰宝源当五十、宝河当百等大铜钱,均有戳记、磕边、划伤、裂纹等毛病,一堆烂钱。申老师面无表情,轻轻瞄几眼,没伸手去碰桌上的钱币,说:"咱冲老江南来的,不看这些,直奔主题吧。"左雪樵嘿嘿一笑,说:"先看看这些,把这些币谈妥了,老江南自然好说。"申老师眼目低垂,没看左雪樵,反问道:"这些要是谈不妥呢?"左雪樵讪笑道:"这些要是谈不妥,老江南也没法谈。"

宝清心里感觉不妙,没想到左雪樵会使出这一手。申老师估计是按八千块钱准备的,桌上的这堆烂钱,算下来估计值两三千,如果申老师收了它们,余钱也不够买老江南了。 申老师将茶杯往桌上一蹾,说:"你在电话里跟我说,有枚直齿老江南,八千块出,让我来看货,不然我也不会跟宝清费这一趟劲!"左雪樵连连点头说:"没错,我说话吐口唾沫是颗钉,说过老江南八千块让给您，绝对不会变卦。只是面前这堆钱，是我在南京跟老江南一起买的，一块儿来一块儿走，这也是常理儿。况且刚才说了，我也准备出去开店，急需筹钱……"申老师摆摆手，不想再纠缠的样子，叹口气问："不说买的事，看看老江南可以吧？"左雪樵怔了一下，咬牙似的说："行，您开口了，不让您白跑这一趟。"说着，冲里屋喊道："沁玉，把宝贝拿出来。"

里屋门帘一挑，少妇从里屋走出来，双手端着一只托盘，上盖一方绢帕，款步轻移，仪态如仙女下凡，神秘而美丽。她将托盘放在桌子上，揭开绢帕，现出一个红木抽匣，盖上镶嵌着螺钿花卉，抽匣的侧面有个隐藏的机关，她轻轻一推，机关滑动，抽开匣盖，小心取出一枚银币，冲申老师一笑，将银币放在绢帕上，说："请老师过眼。"少妇转身去煮茶，又留下一阵清香，这次宝清闻得真，像蜡梅。左雪樵说："币老洗过，我正在抽匣里养包浆。"宝清心里想笑，嘿，左雪樵整得活脱脱像一出戏，真是神了。

申老师从兜里掏出放大镜，手指轻捏老江南的边齿，右眼紧贴着放大镜察看。申老师出乎寻常的沉稳，足足看了字面三分钟，才翻过去看龙面，又看了三分钟，然后是边齿，似乎每一道齿缝都没放过。 宝清佩服极了，自己看币，总是看一眼字面，立刻就要看龙面，翻来覆去地看，貌似看很多遍，其实却很潦草；申老师看币则如同凝神静气地游览名山大川，走过平原，攀登高山，穿越峡谷，进入一种云深不知处、只在此山中的忘我之境。

良久，申老师长吁一口气，将银币轻轻放在绢帕上，说："小左，你电话里说八千，我就带着八千块来的，这枚老江南，我也算相中了，你看着办吧！"左雪樵摇摇头，盘弄着桌上的那堆杂七杂八的钱币，说："八千是我说的，这个肯定不变，但买菜不能只掐菜头，老江南就是菜头，你把它掐走了，剩下的这些烂秧子我更卖不掉了。"申老师点点头说："行，行，见识了，你若提前说有烂秧子，我也就不来了。"他把放大镜递给了宝清，说："你也看看，过眼即拥有吧！"

不知不觉间，天空飘起了零星雪花，落地即隐遁不见。 币已看罢，多说无益，申老师和宝清起身告辞。左雪樵坐着没送，生意没谈成，他好像也不痛快。 沁玉送至屋檐下，面含微笑，冲他们挥了挥手。宝清忍不住回头瞧一眼，她像一枝荷花，盛开于枯塘的淤泥之中，美得令人过目难忘。沿着小溪旁的山路，两人快快往回走。申老师指了指水潭后面的茶山深处，说："前面不远，山后有个野瀑布，下面有水潭，叫仙女潭。"宝清说："这个沁玉，和左雪樵也太不般配了。"申老师说："雪下大点吧，人作有祸，天作有雪。"

五

跨年之夜成了一年中最让人期待的事情，提到"千禧年"三个字刘大美都激动不已。连续几日大雪，12月31日傍晚时分，天色因为雪的映衬，快要黑透的时候，触底反弹般地又悄悄变白了。街上涌起人潮，人们都去往工人文化宫，据说那里有跨年演唱会，零点时分还会燃放烟花。人们踏雪撒欢儿，空中飘荡着尖叫和欢笑之声，每个人都不由自主地被感染、被陶醉。宝清想去买两斤卤牛肉、一包花生米，在宿舍里喝一场，每遇大雪封门，他总向往《水浒传》中林冲雪夜出门打酒买肉的场景，或者围炉取暖，看看电影。"我们一辈子只能经历一次世纪跨年夜。"刘大美的语气天真而抒情，"我想去工人文化宫看演唱会。"宝清想了想，说："工人文化宫对面有家'大浪淘沙'洗浴中心，我们可以在二楼开个包间，搞搞按摩足疗啥的，趴在窗户上就可以笑看人山人海。"刘大美的眼睛亮了，觉得这主意不错。

两人分别在"大浪淘沙"一楼的男女浴室洗完澡，换上宽松的按摩服，在二楼临街的包间会合。 刘大美狐疑地问："你怎么知道这个地方，经常来按摩？"宝清笑着说："我哪消费得起，在这楼下吃过热干面，老板搁的芝麻酱特别多。"工人文化宫广场上搭建了舞台，摇滚歌手丝毫不畏寒冷，穿着单薄而锃亮的皮衣高声嘶吼："我的心在等待，永远在等待……"声音响彻天际，吵得宝清和刘大美说话都得大声喊。 窗外马路上挤满摩肩接踵的人流，从人们走进文化宫路的那一刻，几乎就是一步一步地挪着走，前后左右都是人，只能随着人流向前挪动着机械式的脚步。 街上能亮的灯都亮了起来，演唱会舞台用灯光拼成巨大的"公元2000"字样，炫目地闪烁，让人感受到新世纪真的来了。刘大美贴在宝清耳边说："等会儿零点有星际大战，即世界末日，地球有可能被毁灭，假若我们能活到明天，见到新世纪第一缕阳光，我们将被消除所有记忆……"宝清哈哈大笑："哪里听说的？"刘大美情不自禁地随着广场的音乐舞蹈起来，说："许多人都这样说，你不相信吗？"宝清被她脸上的雀斑所打动，从背后搂住了她，轻声说："你信我就信。"刘大美幽幽地说："我不知道……"

"你说，会不会有人来敲门？"宝清故作认真地说，"我看过世界上最短的一篇科幻小说，只有25个字：地球上最后一个人独自坐在房间里，这时，忽然响起了敲门声……"刘大美拦腰抱住宝清，身体有点发颤。零点来临，广场上升起绚丽的烟花，主持人开始倒计时，大约是对"世界末日"到来的兴奋和恐惧，许多年轻人又蹦又跳，相抱相拥，齐声呼喊："5、4、3、2……"在一片罕有的期待与慌乱之中，宝清碰到了刘大美的屁股，他像烟花一样爆发了，将她按在窗台上从后面抵住她。他们的脸冲着窗外的喧嚣，随着音乐的节奏运动。"我喘不过气……"刘大美的手在空气中乱抓。 事实证明,星际大战是杞人忧天,新千年的钟声准时敲响了,广场上的人们都沉浸在新世纪的喜悦和幸福之中。 两人瘫软在包间的沙发上,刘大美平滑又健硕的腿压住了宝清的脸。 他可以听到她的呼吸渐渐趋于平静,把手伸进她的按摩衣,从脊背向前胸巡游,她的胸紧致而饱满。 刘大美一动不动,像在想着心事。宝清问:"新千年开始了,你的记忆被消除了吗? 我怎么还记得呢!"刘大美啪地给了他一记耳光,低声骂道:"陈宝清,你他妈是个疯子……"

第二天早晨,广场上的人群全都散去了,回忆昨晚欢呼雀跃的场面,如同一场梦。 两人从"大浪淘沙"出来,刘大美像什么事也没发生一样,宝清看了看她,反倒有点羞愧。 旁边有个小吃店,两人拐进去,宝清要了热干面、胡辣汤和豆浆。 刚吃了几口,宝清透过玻璃门看到了麻四,他头戴着个皮帽,坐在一棵合抱粗的梧桐树旁边,双手交叉笼在袄袖子里。 大约因为雪天的原因,他没带火枪、脸盆等工具,将那块"回收黄金首饰、银圆"的牌子挂在梧桐树的半腰处。 宝清心里一动,从兜里摸出一枚大清宣三银币，递到刘大美面前，指了指路边的麻四说："你拿着这个，帮我去卖给那个戴皮帽的矮胖子。"刘大美不解，问："为什么要卖？你为啥不去？"宝清眨眨眼说："我认识他，想试试他的眼力，你就说要一百块，看他咋说。"刘大美沉默了片刻，端着豆浆走了出去。宝清有点紧张，他不敢说出真相，那枚银币是自己花四十块钱买的赝品，那样估计刘大美就胆怯了。他看到刘大美大大咧咧地把银币交给麻四，说了句什么，麻四把银币翻来覆去看了数遍，又抬头看了看刘大美，起身去旁边公用电话亭打电话。刘大美大约想把银币拿回来，但麻四紧攥在手里，不还给刘大美，一直对着电话絮絮叨叨说个不停，嘴里往外呼出一团团的白雾。宝清慢腾腾地吃着热干面，他搞不清刘大美为什么不回到小吃店，自己不便露面，干着急却没辙。

这时候，有个人骑着电动车急匆匆赶来了，大约怕摔倒，他骑行时双脚在雪地上拖着，做好随时撑地、刹车的准备。宝清认识来人，竟是薛彪子，可能来得匆忙，他手套都没戴，冻得不停地搓手。宝清心里豁然开朗，原来看似随意的收货摊点，其实背后有一张紧密相连的网。 见到薛彪子，麻四才将攥在手里的银币松开，嘴里介绍了几句。 薛彪子先是粗看几眼，又掏出放大镜瞅了瞅，不知说了句什么，刘大美气呼呼地转身回到小吃店，薛彪子也跟着走了过来。

宝清想躲避已来不及，尴尬万分。 薛彪子看见他，脸色一怔，像是瞬间明白了一切，说："原来是宝清啊，这是个高仿币，你怎么有这东西？"宝清难堪不已，吞吞吐吐地说："市场上买的……我也……吃不准。""这批'药'的毒性很大，把麻四都整蒙了。"薛彪子将那枚大清宣三银币搁在桌面上，说："这应该是左雪樵从南方搞回来的那一批真银假币，我已经被坑过，以后别再拿出来蒙事儿，每个点都是我的人。"宝清感到一种被人扒光衣服般的羞耻，无言以对，却又佩服不已。 刘大美斜着眼睛看他，脸上的表情似笑非笑。

六

宝清把几本银币书读得烂熟于心，对清代、民国各省铸币了如指掌，在电报大楼和其他人聊起银币，差不多可以纸上谈兵了。他实战经验不足，说话虽然幼稚，却也诚恳。别人对他还算客气，大约觉得他刚入行，以后是个潜在的买家。不过在宝清看过申老师的藏品之后，地摊上的银币基本都不入眼了。这天上午，宝清和申老师在电报大楼走廊聊天，有个年轻人走过来悄悄蹲下身子，低声喊："申老师。"他留个平头，面相憨厚，看年纪不到三十岁。"请您帮我看个币。"那人声音非常轻，恭敬地把一枚银币递给申老师。

那是一枚黎元洪免冠像银币，俗称"黎光头"。1916 年 6 月，黎元洪继任中华民国大总统，恢复约法，召集国会，武昌造币厂铸造了黎元洪像开国纪念银币，分为戴帽像和免冠像两种，其中戴帽像较为稀少，属"军阀七币"之一。申老师先粗看两眼，又掏出放大镜细细看了一会儿。那人眼巴巴地看着申老师，像提着一颗心等待鉴定结果。申老师轻轻吁一口气，没说真假，却问道："别人看过了吗？"宝清明白申老师的意思，在市场上帮人看币，其实犯禁忌，因为不知道物主是谁。比如你说张三的东西是假的，却不知他是买李四的，话传出来就把李四给得罪了。那人愣在那里，不接腔。申老师又问："傻子，别人看过了吗？"宝清才知那人叫傻子，他终于听清申老师的问话，点头说："请人看过，都说是假的，我想请您过眼定论。"

申老师把币递给宝清，说："你也看看，黎元洪银币的特点是'开国纪念币'五个字笔画分叉，有种类似复打的毛糙感。"宝清接过来看罢，他没见过真品黎元洪，也无从感受申老师说的感觉，模棱两可地说："人像看上去有点呆滞……"申老师轻叹一声，没有问东西的来路，宝清觉得这表明他愿意出手相助，果然，申老师悄声说："傻子，多少钱买的？能退就退了吧。"那人说："一千一。"声音低得如蚊子哼哼，从宝清手里接过银币，转身欲走。申老师又叫住他，指点道："退的时候，别说东西是假的，不然人家让你拿出凭据，玩收藏见仁见智，反而僵住了，就说自己手紧，急着用钱，不想玩了，看能给你退一千啵。"他连连点头，给申老师鞠了一躬。

那人走后，宝清问："他是谁？为什么叫傻子？"申老师呵呵一笑，说："他在淮河饭店做事，具体做什么也不清楚，可能是一个青工，没人知道他的名字，为人比较实诚，买钱币常常买贵了，就被人喊作傻子，这个绰号他还挺认。"宝清有些感慨，玩收藏的人，物以类聚，人以群分。玩赝品的往往摆弄的是大珍，国之重器，因而被称为"国宝帮"；玩真品的人由于藏品档次低，反而被"国宝帮"们看不起。宝清挺欣赏傻子这样的第三类人，不在乎别人的看法，甘当别人眼里的傻子，这何尝不是一种智者的人生境界。申老师手里摩挲着一块和田玉，一只母猴背只小猴，申老师称它为"代代侯"。宝清慢慢领悟到申老师玩收藏的方法，他平日里玉不离手，看上去像玩玉的人，君子无故玉不离身，然而玉器盘玩得圆润通透之后，脱手赚的钱却被他买成了银币。手里玩的是玉，心里想的是币。出手一件熟玉，又变戏法似的购入一件糙玉，如此循环往复，源源不断。即所谓以藏养藏，或者说是以玉养币。

宝清说："申老师，戊戌玩这么久，有点审美疲劳了，能不能再让给我一枚江南币。"申老师说："等会儿到家里吧，让你看一个东西，我最新的研究发现。"宝清一听说"研究发现"，就没心思继续在电报大楼待下去了，地摊上的古玩旧货，多是粗制滥造的赝品，看上去像百无聊赖的摊主一样灰头土脸，没什么好看的。申老师说："玩钱币要沉浸在真品的世界里，久而久之，看到真币就像看到了老朋友，自然生出一种熟悉感、舒适感，怎么能说审美疲劳呢！"宝清嘿嘿一笑，也不感到惭愧，他是为买申老师的银币找个说辞罢了。

两人离开电报大楼，去申老师家里。师娘正在厨房剁肉馅，双手沾满面粉，笑着说："中午做生煎包，宝清在这儿吃包子哈！"宝清不好拒绝，只能答应说："好的，谢谢师娘。"心里却懊悔，每次来都两手空空，什么礼物也没带。申老师从卧室拿出一册钱币，还有一本砖头似的厚书。那是一本上海博物馆青铜器研究部编的《上海博物馆藏钱币·清代民国机制币》，里面的钱币全部是高清拓片，看上去非常精美。申老师说："民国有一位钱币大收藏家，叫李伟先，他在 20 世纪 60 年代把平生所藏价值逾亿元的珍稀钱币捐献给了上海博物馆，博物馆编纂成了这本书，不过编纂人员可能不知道这些钱币背后的意义，尤其是有些同类品种，他们搞不清楚内在区别，只好一一罗列，标注每枚钱币的直径、重量，不再作任何文字说明。 我天天琢磨，为什么李伟先捐赠的钱币会有看似相同的复品？ 李伟先是一位无言良师，没有留下任何文字，只有这些不会说话的钱币，我相信这些看似相同的钱币背后一定有不为人所知的特殊版式……"宝清说："我知道李伟先，他收藏的古钱拓片集名叫《宕涛藏泉》。"申老师点点头，从币册里取出一枚江南庚子银币，递给宝清说："我通过观察上海博物馆的书，发现了这枚江南庚子，它的龙头异常饱满，少刻了一道阴线，想来应该是初铸钱币，你比对一下，我这枚币跟书上一模一样，这个版式目前仅见李伟先藏品的记载，其他钱币书均未收录。"

宝清震惊不已，对申老师的研究钱币的方法，他闻所未闻。 那本书里有两枚江南庚子的拓片，第一枚是标准版，第二枚果然跟申老师的一样，龙头少一道阴线。 这虽是申老师从李伟先藏品中的发现，他觉得像有一股电流从身上流过，仿佛李伟先的藏品在眼前复活了，他颤着声问："多少钱可以让给我？"申老师皱了皱眉，有点为难的样子，说："这是我自己对钱币的认识，讲给咱们市场上的人听，他们都不以为然，觉得我是在忽悠。你年轻，又是大学生，看能不能理解和接受新事物；如果认同我的分析，真心喜欢这枚币，再说价格不迟。"宝清明白申老师的意思，再无须多一句解释，他已然明白这枚江南庚子所蕴含的全部意义，李伟先留下的无字谜题被申老师破译了，他只想知道价格。

就在这时，桌上的电话响了。像是为了表示爱惜之意，电话机上蒙盖着一张手绢。申老师揭开手绢，抓起话筒"喂"了一声，听着来电里的声音，申老师脸色慢慢僵了，那边一直在滔滔不绝地说，申老师偶尔哼一下，不冷不热的，末了申老师说："不行，我只能出七千五。"那边似乎不痛快地挂掉了电话。

"你猜是谁打来的？"申老师笑着问。宝清不明所以，静待下文。"左雪樵。"申老师说，"他让我再去他家一趟，这次确定不再搭卖其他东西，八千块把那枚老江南给我。"宝清听了想笑，说："看来他后悔了。"申老师说："上次我们去，他故意刁难，这次再想原价也不成了，我出七千五，这种人就得治治他。"宝清问："七千五他同意出吗？"申老师摇了摇头。

宝清顾不上左雪樵的事，看着手里的江南庚子，淡绿色的薄锈，衬托得龙图层次分明，非常安逸。宝清又问："申老师，这枚多少可以让？"申老师沉吟说："你确定想要？"宝清连连点头。师娘听见他俩谈价，从厨房露出笑脸，说："老申，便宜点给宝清，小伙子不错。"申老师扭头说："知道，你就操心生煎包赶快下锅吧，记得搞个醋碟。"宝清手中翻阅那本书，心里却在七上八下地翻腾。申老师又说："普通江南庚子四百块左右，这枚相当于脱谱钱，单纯脱谱也许并不具备很高的价值，比如唐代开元通宝脱谱钱就很多，但这是一枚从李伟先的藏品里得到印证的钱币，我觉得它不一样，另一枚和它同样的钱币已经被上海博物馆收藏。遇到识货的人，我觉得值三千，给你算一千五吧，你考虑一下。"宝清放下书，笑着说："我考虑好了，要。"他将那枚江南庚子揣进怀里，体会到一种尘埃落定的愉悦与妥帖。

七

  电报大楼对面的胡同深处有座文庙，现在只剩一座大殿，四周的配房被改成商铺，开了几家古玩店，挂牌文庙古玩城。 全国的古玩城大多如此，好像设计成仿古建筑，里面的古玩就是天然真品。 刚开始人少车稀，门庭冷落，这两年慢慢聚拢了一些人气，开了十多家古玩店，明清瓷器、当代书画、杂木家具、石磁马槽，花样繁杂。 不过对于懂行的人来说，隔着玻璃门看看，大致就能判断出店家的古玩水准。 老边的"麒麟阁"就在其中，占有两间铺面，陈设的家具古色古香，看上去既是收藏品，也是实用器物。 中间摆一方八仙桌，桌中央放置一块民国时期老城墙的青砖，砖上刨个凹坑，养的菖蒲，青翠鲜活。 桌两边摆几只后仿康熙斗彩茶盅，随时备着一壶毛尖茶，招待进店的客人。 老边主营钱币，兼营玉器杂件、宣德炉、铜佛像等，墙上还挂着市领导的题词来撑场面。 红木圈椅旁边有只绘着清明上河图的青花水缸，里面养的碗莲，几尾金鱼在水中游动、吐泡。 不过，环境越是雅致，宝清这样的新手反而不敢擅入。 古玩行的规矩多，东问西问，如果不买，反落个不美。 麒麟阁的镇店之宝是一件重达两公斤的清代玉麒麟，采用新疆和田白玉精雕而成，据说央视鉴宝专家看了都赞不绝口，称其"有清宫造办处大匠之作的风范"。 老边专门定制了一个玻璃柜用来展示玉麒麟，旁边立着一个铜牌，上面镌刻着几行文字：

传统古董商店

不教学　不鉴定

不争论　不保真

不欠钱　不退货

睹物观色　见仁见智

浅茶薄酒　欢迎赐教

这些都是古玩行流传下来的"潜规则"，倒也无话可说，但却暗里预示着店主人的做人准则，也是他的经营之道，看似谦谦君子之风，其实透着傲慢和冷漠，令人看了心里发冷。 宝清进过老边的麒麟阁两回，静静地浏览柜台里的物件，不评论，也不问价。 老边问他喜欢什么，他微微一笑，说刚开始玩儿，所知有限。 宝清看一会儿，遇到有其他客人进来，老边与其搭话之机，抬腿出门抽身而走。

申老师和宝清都没想到，傻子的黎元洪是在麒麟阁买老边的。"我去说明来意之后，边子麒非给我沏了一杯茶，我勉强喝了一口，那杯茶的代价太大了。"傻子说。 申老师看着傻子手里的那枚"黎光头"，手里快速摩挲着一块岫玉转心佩，这结局似乎在他的预料之内，淡淡地问："退一千没同意吗？"傻子目光明澈，看上去单纯而无助，他咽了口唾沫，说："边子麒说我可能搞错了，一千一买的，怎么可能退一千，币还给他，只能退我一百。"宝清吃惊不已，说："真过分啊！"傻子学话倒挺传神，顿了顿又说："边子麒说，你这次买错了，就当交个学费，回去好好学习，总结经验，下次就不会再买错了。"宝清听了有点难过，拍了拍他的肩膀，安慰说："你得想开点儿。"傻子脸色平静，"没事儿。"说着从电报大楼门口的台阶上往下退一步，不料脚底一踉跄，手里的"黎光头"摔落于地。"小心！"申老师叫道，然后长叹一声说，"傻子，玩军阀币讲究人像鼻梁高挺，这枚黎元洪不仅塌鼻子，还有道划伤，就算是真品，也是烧香买、磕头卖的东西，以后长点心吧。"傻子点头离去。

申老师经常感慨，收藏是个非常残酷的行当，大约百分之九十五的人玩的是赝品，只有不到百分之五的人玩的是真品，这个概率放在任何一个城市皆准。 很多玩赝品的人，闭门观物，一辈子生活在虚幻的梦境之中，以为自己的藏品价值不菲，其实满屋垃圾，也着实可悲。"正因为古玩难以辨伪，抬高了入行门槛，我们这样的普通人才有了玩收藏的机会。"申老师说，"拿傻子来说，玩个钱币，遍地是雷，有多难吧！"宝清说："我真不理解，老边为什么要坑傻子，真品交易，以币会友多好啊！"申老师呵呵一笑，悄声说："老边是走上层路线的，倒腾高仿军阀币卖给一些上层人物，干的全是大活儿，所以不在乎傻子这种小鱼小虾。"宝清觉得脑子嗡嗡响，他忽然佩服起老边的麒麟阁来了，上层路线无疑需要一种魅惑而隐秘的手段，虽然令人不齿，却也着实让人羡慕。宝清问道："申老师，你不可以吗？卖真品军阀币给那些人。"申老师摇摇头，说："不行，鬼通神路，老边的话他们爱听，并且深信不疑。我一说话他们就觉得碰耳朵，不爱听。"宝清哭笑不得，他能想象老边和那些人的交流形成同频共振的状态，肯定是越说越近乎，越吹越得劲。当然或许还有一层原因，那些人的雅好往往是不足为外人道的，与之有默契的人才能获得信任，进入圈子，而他们的准星，外人一般难以揣测。在电报大楼门口闲聊扯淡，学习钱币收藏，说来已然时日不浅，但宝清觉得自己其实从未真正走进收藏圈子的内里，就像在城墙之外的流浪汉想象城里人的生活，终究不得要领，要想玩得通透谈何容易。然而上层人物就在城里吗？非也，他们无疑失察了，想想也是另一种荒谬。

这时，左雪樵拎着一只黑皮包匆匆而来，眼睛四处瞄了瞄，瞅到申老师和宝清坐在走廊一角，紧走几步跑上台阶，从皮包掏出一个圆形水晶钱币盒，递到申老师面前，说："申老师，我猜您就在这儿，果然碰上了，我考虑了一下，按您在电话里说的，这枚老江南七千五给您了。"申老师静静地坐着，没有伸手去接钱币盒，他好像忽然间失去了曾经对那枚他物色已久的直齿老江南的全部热情，变成了陌路之人。 他淡淡地说："我电话里的确说七千五，你没同意啊！"左雪樵挠了挠头，像是搞不明白申老师的意思，说："是呀，我现在要筹钱去北京报国寺赶会，让给您算了。"

"那不行。"申老师话锋一转，他手指搓动那块岫玉转心佩越快，给人感觉内心的弦绷得越紧，脑子里的斗争越激烈。"电话里七千五你没同意，现在送来，那七千五就不作数了。"申老师语气很决然。

宝清在一旁想笑，但申老师在和左雪樵谈生意，他不能插嘴，也不能去碰那枚直齿老江南。 左雪樵脸色有点僵硬，他意识到可能把事情想简单了，不由得窘迫起来，问："您的意思是……"

"我现在只能出七千。"申老师一锤定音。

这下轮到左雪樵吃惊了，脸上浮出难以置信的错愕表情。 他万没想到申老师这么难缠，原来是块啃不动的硬骨头，嚼不烂的牛皮糖。"行，行，老申，咱不谈了，我带到北京去卖。"他把钱币盒放回皮包，像是从期待与僵持中得到解脱，拉皮包拉链的时候，气得手都有点哆嗦，看到旁边的宝清，左雪樵忽然说了一句，"这枚币八千块绝对物超所值，不信你去网上查价格。"

宝清问："你说的是什么网？"

左雪樵说："钱币社区。"他拎着皮包站一会儿，可能觉得待着没啥意思，悻悻而去。

申老师看着左雪樵的背影，感叹道："每一枚钱币都有自己的宿命！"

那枚老江南银币像沦落风尘的宝物，被左雪樵带到北京报国寺参加全国钱币交流会。宝清有种说不出的失落之感，左雪樵如同播撒了一枚诱饵，申老师不为所动，却令自己心向往之。那枚老江南终究是个好东西，他觉得申老师拗着性子和左雪樵作对，像是为了掌控某种局面，就算放弃他物色了十几年的钱币也在所不惜，这并不一定值当，因为完全可能真的与那枚心仪钱币失之交臂；然而申老师学养深厚，道行高深，宝清也不敢置喙。

几天后传来一则爆炸性消息，使申老师买左雪樵老江南的故事在电报大楼市场经久流传。

那天，薛彪子闹了个笑话。他下乡"铲地皮"，遇到一只民国时期的《红楼梦》题材浅绛彩小碗，画有宝玉、黛玉、宝钗、妙玉等人物的画像，旁边还写有名字。这种瓷碗以画片取胜，喜欢的买家往往舍得出重金。彼时薛彪子在返途路上，所带现金已经花完，经过和主人讨价还价，一咬牙把自己价值千元的电动车给了人家，以物换物得到那只瓷碗。

薛彪子兴致勃勃来到电报大楼，掏出《红楼梦》瓷碗显摆，不料被人一眼就看出破绽，虽然绘工老辣，彩头到位，但作为民国时期的老物件，"宝玉"的"宝"字应该写成"寶"，而碗上写成了简体字"宝"，显然作伪者一时疏忽。说者言之凿凿，不容辩驳。薛彪子恍然大悟，东西确定是"药"，痛骂道："老杂儿骗我，他娘的腿！"说罢将瓷碗摔碎于地，眼不见为净。众人大笑，戏言道：薛彪子摔碗——赔辆电动车。

这时申老师和宝清赶到电报大楼，众人说起此事，薛彪子还从地上捡起带"宝"字的碎瓷片给申老师看。不料申老师端详片刻，说："这只碗属真品无疑。"

见众人愣在那里，申老师又说："你们没仔细辨别，这个'宝'字和今天的简体'宝'字写法并不一样，宝盖头下面不是'玉'，而是'王'，这是'宝'字的俗写体，太平天国铸币'太平圣宝'中的'宝'字就有这种俗写体的写法。 在太平天国运动同一时期，这种'宝'字俗写体的写法甚至也影响了日本铸币，当时正处于日本江户幕府统治末期，日本铸造的'文久永宝'钱币有繁体'寶'和俗写体'宝'两种款式，不过宝盖下面'玉'字的点，点在'王'字的第二横上面……"一席话讲完，听者全傻眼了。

薛彪子气得扇自己几个嘴巴，愤愤然寻找刚才说假的人，然而遍寻不见。

宝清深感叹服，在收藏圈子，说假比较容易，甚至还显得眼光比别人高出一筹，而能做到乾坤扭转，假中辨真，才真正见功夫。

这时候，老边披着毛呢大氅，发丝梳得溜光水滑，嘴里叼根雪茄烟，从麒麟阁出来，穿过东方红大道，来电报大楼门口，向申老师问道："老申，左雪樵有一枚老江南，是不是与你扯过皮？"

申老师说："哪个与他扯皮，好话说尽，生意难成，仅此而已。"

老边吐出一口烟雾，坏笑着说："左雪樵打来电话，说他的老江南在报国寺市场让人偷了！"

众人皆笑，唯有申老师坐如一尊石佛，似笑非笑，淡淡地说："古人云厚德载物，此言一点不虚，唯有深厚的德行，才能容载世间的美物。"

八

刘大美请她的闺蜜吃饭，让宝清作陪并买单。她俩在申城公园看樱花，约好下午五点，赶到工人文化宫的画布茶餐厅会合，吃八十八元一份的牛排。宝清提前去占座位，等刘大美挽着闺蜜的胳膊款款进入餐厅，闺蜜脱掉羽绒服，露出窈窕的身材，宝清愣住了。

"沁……沁玉。"宝清口吃起来，不敢相信自己的眼睛，刘大美所谓的闺蜜，竟然是左雪樵的老婆，那个美若天仙的女人。女人也有点吃惊，像是对宝清有点模糊的印象，却又死活想不起来的样子，用手轻拍脑门做思考状。 刘大美更想不到宝清能喊出"沁玉"两个字，说："天啦，你们原来认识？ 李沁玉，这是怎么回事？"李沁玉一笑说："我……真说不清楚。"宝清故作神秘地说："我也说不清楚，沁玉，在下陈宝清。"

刘大美瞪了宝清一眼，说："什么沁玉，喊姐。"宝清说："沁玉姐。"刘大美满脸狐疑的神情，像是百思不得其解，不依不饶地问："你俩……有过交往？"宝清只得说跟申老师去过武胜关李沁玉的家，欣赏到一枚珍品银币。 李沁玉一边笑，一边点头。 刘大美这才作罢，如释重负般地说："我让你买邮票的那张预约卡，就是沁玉给我的。"宝清想起那个大雪纷飞的下午，他踏雪前往电报大楼排队，并且还遇到了左雪樵，原来根在这儿。 三人感叹世界如此小，不认识的人也能这样绕着弯相遇，全是缘分。 李沁玉原来在东方红影剧院做过临时工，她比刘大美大几岁，歌尤其唱得好，也是影剧院一等一的人才，可惜身份问题一直无法解决，宝清分配来之前才离职。

"离开影剧院三年了吧？ 你竟一点也不显老。"刘大美说话口无遮拦，不经过大脑似的，"只是怎么嫁给了左……左什么？他比你大好几岁吧？"李沁玉看了宝清一眼，微笑着说："左雪樵，是个古玩商，我们准备在文庙古玩城开个店，叫'玲珑坊'，房子已经赁好了。"刘大美点点头，说："你们真行，古玩店……太神奇了，能赚大钱吧？""开店是因为收藏的爱好，也不是奔着挣大钱去的。"李沁玉的声音非常温柔，说话不温不火，举手投足带有一种优雅可人的古典之美。

宝清说："我喜欢钱币。"

"他只有一枚币，还是假的。"刘大美撇着嘴说。

李沁玉扑哧一笑，说："玩收藏，入行的确很难。"

宝清有一个问题，总是涌到嘴边，他想知道左雪樵的老江南在报国寺是如何失窃的。宝清还没去过北京的钱币市场，但他终究会去的。江湖险恶，多明白些行业里的伎俩和手段，有益无害。画布的牛排套餐不包含咖啡，宝清又单点了三杯蓝山咖啡和两碟曲奇饼干，然后提出了那个他百思不得其解的疑问。

"左雪樵的失误在于，在报国寺摆摊的时候，一次只能取出一枚钱币给别人看，如果有另外的人要看其他钱币，必须等上一枚钱币收回来才行。 左雪樵的地摊一下子围来五六个人，后来明白他们貌似互相不认识，其实是一伙的。 中间一个人在看老江南，两边的人纷纷打岔，左边要看北洋币，右边要看江南币，提问和询价前后叠加，并同时从两边往中间挤，手握老江南的人则躬身往后退，一旦有片刻工夫没盯住，瞬间转身逃遁。 等发现钱币丢失，左右的人均坦荡地交还自己在看的钱币，言称不认识中间的人……"

　　窗外傍晚的斜阳照进茶餐厅，投射在李沁玉的脸上，她说话时嘴角的浅酒窝忽隐忽现，睫毛上下扇动，美丽得令人迷醉。 她轻轻抿一口咖啡，笑意荡漾，如同画中人在讲述别人的故事。

过眼

第二章

一

宝清像个影剧院的观众，左雪樵在电报大楼漫不经心说出的"钱币社区"四个字，如同在他面前拉开了钱币收藏舞台的帷幕。 他在一个夜晚搜索到钱币社区网站，发现原来有很多喜欢钱币的人，聚在网上一起交流讨论，他们之间互称"泉友"。 除了论坛区，还有交易区，把钱币正反面和边齿图发上去，标明价格，就相当于在网上摆地摊了。 宝清浏览论坛区各地泉友发的帖子，那些清晰的钱币图片，奇异的见闻，独到的发现，带着鲜活生猛的气息扑面而来，给他以超越书本经验的冲击，每读一篇帖子都像受到一次点化。

泉友都有一个网名，尤其是眼力卓越的泉友，名字也非同凡响，有个台北泉友叫"呼噜呼噜"，在忠孝东路开有一家古董店，是藏品鉴赏专区的版主，泉友公认的大师。 他们在论坛的每一条留言，宝清都反复揣摩、品味，在满地雪花白银的网络世界里沉迷、流连，几近废寝忘食。 他将网上读到的一些知识帖打印出来，装订成册。 有一天从深夜读帖到凌晨，不知不觉窗外东方既白，又想到自己供职的东方红影剧院，他给自己注册了一个网名"东方欲晓"。 从网站获取一些新奇的钱币知识，使他有种武侠小说里习武者被武林高手注入神秘内功的感觉，体内流淌着一股兴奋的热流。帖子读多了，他确信网络搭建起来的诚信体系比实体古玩店更值得信赖，网站交易规则是不满意包退，有的金牌卖家甚至承诺终身保真，不容许自己的信誉有任何污点，而不像现实钱币市场的交易，一旦买卖达成就概不退货，让人悚然心惊。 他花一万元从呼噜呼噜大师手里买了一枚贵州甲秀楼壹圆银币，正面图案是著名的贵州甲秀楼，雕模繁复精细，巧夺天工，令人叹为观止。

一周后，他收到一封来自台湾的挂号信，地址写着一串漂亮的繁体字，币被裹在几层软纸里，紧紧粘在牛皮信封的内壁。宝清万万没想到，自己花光全部私房钱买的银币，竟然只用挂号信邮寄。拆开信封，将钱币捧在手上，淡雅的原味包浆，自然的流通痕迹，如同一块流落民间的绝世美玉，入眼处处皆安逸。一瞬间，他仿佛被开了天眼，找到了识别钱币的门道。那是一种"神会"的感觉，虽人生初见，却似故友重逢，从形制、书法，到气韵都似曾相识，让人无比愉悦。

那日傍晚，宝清去电报大楼门口找申老师，将自己在网上看到的有趣观点与其分享，说："申老师，局限于电报大楼的钱币地摊，像被困在水缸里，上钱币网站，才见到了大海。"申老师手里盘着一个青玉弥勒佛，笑道："大海宽广，但风急浪高，也容易溺水。"宝清从兜里掏出那枚"贵州甲秀楼"，说："物色了一个好东西，请您过眼。"申老师接在手里端详片刻，脸上笑呵呵的表情慢慢认真起来，看了半晌，申老师一声不吭，把银币默默还给了宝清。

宝清问："咋样？"申老师反问道："哪里来的？"宝

清说："台湾，花了一万。"申老师轻声说："这枚币图案略显粗犷，感觉不太踏实，有深入对比研究的必要。"宝清有点发愣，他内心无比相信呼噜呼噜大师。身为版主，呼噜呼噜在网站擅长对钱币的各种问题作出判断，他的鉴定结论基本是一言九鼎，从未走眼。 正胡思乱想，申老师说："我没带放大镜，晚上去我家吃饭吧，回去好好看看。"宝清说："好，咱们喝两杯。"路过街边的卤肉坊，宝清要了两只卤猪耳朵、两个缠丝肘子、一份油炸扒皮鱼。 申老师要掏钱付账，被宝清死死拦住。 申老师说："酒不要买了，我泡的有枸杞桑葚酒。"

到了家门口，楼道里路灯不亮，申老师敲了几下门，倏忽一笑说："我倒忘了，你师娘不在家。"宝清心里暗笑，申老师和往日不大一样，好像有点心神不宁。进了屋，宝清在茶桌上将几样小菜摊开，解缠丝肘子的细绳。 那线绳好几米长，缠绕得密密麻麻，拆解起来非常烦琐。 申老师不仅忘了吃饭的事，连找放大镜细看的茬也忘了。 他从卧室里找出半块徽州古墨，一沓宣纸，还有一个用小方绸捆扎起来的棉球，然后朝棉球上吐唾沫。 宝清不明所以，问："这是做什么？"申老师说："你这枚币有点怪异，我想保存一张拓片。"宝清以为申老师会用放大镜细看，但他似乎将放大镜忘记了，或者心里早已看得透彻。 宝清说："现在网上都用数码相机拍照，没人会给钱币做拓片了。"申老师说："照片就是照片，而漂亮的钱币拓片则像艺术品。"宝清啧啧称叹说："你这门手艺，我也想学学。"申老师笑着说："学会很容易，但想拓好其实非常难，讲究浓淡相宜，轻重得当。"

申老师边拓边教，给宝清介绍钱币大师马定祥就是用唾沫给钱币拓片，唾沫有黏性，还有点滑，钱币面积小，人的那点唾沫正好够用。 然而说得容易，拓起来却难，连续两次都拓坏了。 申老师有点尴尬，舌尖上还染上了墨，看上去很滑稽。 第三次尝试，终于稍微满意点，宝清看了一眼，说："这枚是贵州甲秀楼银币里极为稀少的方窗版，甲秀楼的窗户是方形的，大多数是圆窗版，窗户您没有拓上。"申老师愣了半晌，"噢"地惊叹一声："原来如此，难怪这枚币一上手，我就觉得它很独特、很异质。"这才想起找放大镜，将币捧在手里对着放大镜看了又看，然后沉默良久，用商量的口吻说："宝清，现在有了网络，你买币变得容易，我一生披星戴月，跋山涉水，在银币上翻跟斗，却从未见到过这个版式，能不能让给我？"宝清心有不舍，但申老师话说出来，实在难以拒绝，想了想说："行的，我们先喝酒吧！"申老师像是难以置信，又问："真的？"宝清点点头。 申老师立刻满脸欢喜，扔下棉球，去酒柜找出了他泡的酒。 说是枸杞桑葚酒，里面竟然还盘着一条乌梢蛇，宝清看了心里有点发怵。 申老师满满斟上两大杯，双手端与宝清，说："干一杯！"说完仰脖一饮而尽。 宝清心里暗暗叫苦，想不到申老师如此善饮。 申老师喝完，也没管宝清，回头又去看那枚"甲秀楼"，啧啧称叹说："自然风雅，万古如新，此乃梦寐以求的神品！"宝清心里的滋味，如同爱人被人抢走，咬着牙喝了半杯，轻轻将杯子放下，说："君子成人之美，老师如此喜欢，原价让您。"

申老师眼角眉梢里透出难以掩饰的欢喜，沉吟片刻，拍了拍宝清的肩膀，说："我给你个好东西。"说完走进卧室，翻腾好一会儿，拿出个牛皮信封，从里面倒出个小铜镜样的物件。宝清接在手里，大小如同一块旺旺雪饼，黄铜铸造，比铜镜更厚重，沉甸甸的。图案是一对青年男女的健康裸体，两人面露腼腆，相互注视着对方，在初升的太阳光下透过薄薄的云雾走到一起。"你听说过 1915 年巴拿马万国博览会吧？"申老师说，"当时国民政府率团参会，中国斩获了几百枚奖章，如茅台、汾酒、张裕白兰地、中华书局、江南造船厂、信阳毛尖等都获得了奖章。"宝清惊叹地问："这就是巴拿马万国博览会的奖章？"申老师把宝清的酒杯添满，又给他搛菜，点了点头说："当然。"宝清不大喜欢铜章，但申老师的美意，装也得装着满心欢喜。

"好好留着吧，没毛病。"申老师好像看出了宝清心里的犹疑，说，"这是数年以前一个'铲地皮'的送到电报大楼来的，没有任何人看到，被我一万多块钱买下了，我猜想可能就是信阳毛尖获得的那枚奖章，毕竟除了张裕白兰地的奖章据说至今还保存完好以外，其他奖章全部流落民间了。这种东西，窝在我手里不值钱，身边也没有识货的人，你放到网上，价钱不到位一定不要出，这枚奖章给你，我们也不要谈钱，以物换物。"

宝清想把奖章装回牛皮信封，发现信封下面还压着一枚币。 申老师拿起那枚币笑眯眯地说："我再赠给你一个礼物，这是民国四川马兰铜币中最珍稀的品种——青蚨马兰，古有'青蚨还钱'的说法，寓意钱花出去还能复还，所以青蚨马兰最受老一代藏家的青睐。"宝清接在手里，那枚四川铜币正面写着"青蚨飞去复飞来"，雕刻着一只展翅飞翔的青蚨，精细入微，栩栩如生，背面是盛开的牡丹。 宝清喜不自胜，爱不释手，说："真漂亮，只听说过这个品种，实物原来如此之美。"

"我从汉口币商的铜板通货里淘的，只花了三百块，实际值八千块以上，这个铜币寓意吉祥，你一定要好好珍惜。"申老师说着端起酒杯，"来，怼一杯满的，算为师敬你！"在申老师面含微笑的注视之下，宝清龇牙咧嘴地喝了下去，那一杯酒足足有二两。 申老师笑着说："咋样？"宝清呛得泪花四溅，说："货换货，两头乐。"申老师哈哈大笑，说："匣中添品，人生之最乐。"笑罢，再看那枚"贵州甲秀楼"，忽然痛心疾首道："你从台湾买的，台湾又不出产这东西，都是20世纪 80 年代大陆流失出去的，上海人和广东人拿这些中国老银币跟台湾人换电子表，一枚老银币换两块电子表，还觉得占了便宜，目光短浅，不堪回首。"

宝清深夜才回家，老婆刘大美已经入睡。他没敢开灯，怕亮光刺到她的眼，摸索着打开电脑，登上钱币社区网站，将那枚巴拿马铜章发到了交易区，标价栏里填上数字"10000"元。能保本就好，他只想早点出手，再觅一枚"贵州甲秀楼"，而"青蚨马兰"则永久收藏。他和刘大美结婚没有买房子，在解放路租了套一居室，将东方红影剧院单身宿舍的家什搬过来，单人床换作双人床，就成了他们的家。

二

沉睡之中，宝清忽然被刘大美用指尖捅醒，她的身体像根绷紧的弹簧蜷缩着，伏在他耳边急声说："有人，有人！"宝清迷糊间被吓得睁开眼睛，听到了门外的敲门声。宝清穿着内裤走到客厅，先开灯，后开门，看了一眼外面，立刻拉上门，跑到卧室穿裤子，穿了一半又脱下来，裤腿蹬反了。刘大美问："怎么了？"宝清说："快起来，你的闺蜜。"刘大美从床上腾地坐起来，又问："是哪个？"

宝清重新去开门，李沁玉脸色木然地走了进来，冲屋内瞟了几眼，微微蹙眉，找不到椅子坐。客厅的沙发上，堆满了刘大美的鞋盒子、瑜伽垫，还有几个颜色各异的呼啦圈。卧室里的两把靠椅，堆满了他俩的衣服。刘大美的衣服一层层叠在椅子上，宝清的则胡乱堆着。他们两人吃饭，只能坐在床边上，以床当椅将就。刘大美拉住李沁玉的手，说："亲爱的，怎么啦？你吃饭了吗？"李沁玉看了看刘大美，又看了看宝清，轻轻摇了摇头，眼角忽然涌出泪花。刘大美说："左雪樵欺负你了？"李沁玉一下子抱住刘大美，低声地啜泣起来，楚楚可怜的神情让人心疼。"我给你煮面。"刘大美从冰箱里找出一小块瘦肉，拉着沁玉走进厨房。宝清说："我来切吧。"他知道刘大美不会切菜，尤其不会切肉，她切肉是将刀口软绵绵地挨在肉上，然后一手握刀柄，一手按刀尖，将身体压上去，指着自身的重量将肉"摁"开。宝清教她下刀速度快一点，她总害怕切到手指。宝清将瘦肉切好，不待问明所以。刘大美手朝厨房门外一指，用命令似的口吻说："你，出去。"李沁玉看到宝清的尴尬样子，反倒扑哧笑了。

宝清听到刘大美和李沁玉在厨房里边做饭边聊，刚开始窃窃私语，不一会儿声音越来越大，还夹杂着两人的笑声。肉丝面做好，刘大美端到床边的小折叠桌上，她忽视了桌腿松垮致使桌面有些倾斜，碗里的汤立刻外溢了出来，李沁玉想低头赶紧喝几口，胸前挂着的一个紫檀圆球荡开来，欲飞进碗里，她赶忙用手挡住，任汤水在桌面流淌。宝清找抽纸来擦，问："挂的是什么？"眼睛却看的是她的丰胸。李沁玉眼光一闪，说："貔貅抱球，有求必应。"她看了看卧室里的陈设，又叹息说："你们可也真不容易，家具都是旧的吧？"刘大美斜睨了宝清一眼，说："家具算什么，用旧电脑、旧手机人家都不嫌丢人。"宝清说："人是新的就行。"李沁玉仰头哈哈大笑，脸上的阴郁之色一扫而光，像换了个人。"不过，面包会有的，你们会走时运的，不像我。"李沁玉冲着刘大美意味深长地说。刘大美捏捏李沁玉的纤纤玉手，摇头说："你看这双手，玲珑小巧，女人手小，才能抓宝，女人手大，只能搂草，我这双大手就是贱命。"李沁玉一笑说："你那不是大，而是长，所以你是影剧院的灵魂舞者，我却不行。"宝清心里暗想，刘大美这个玲珑小巧说得好，难怪左雪樵和李沁玉开的古玩店叫"玲珑坊"。

三人说着闲话，准备重新入睡。家里只有一张床，刘大美扯下沙发垫子朝地上一扔，让宝清睡地板。黑暗之中，宝清听沁玉和刘大美有一句没一句地聊天，才知道事情的原委。左雪樵为了买一个东北五十两银锭，偷了沁玉五万块私房钱。要命的是，那个银锭转手时被发现底部原来有道验银槽，被动手术修补过，无奈低价卖给了麒麟阁的老边，五万块本钱折进去三万，老边还嘲笑说，看到他赔得用裤衩擦眼泪，实在不忍心，赠给他一条中华烟。晚上左雪樵喝多了酒，和李沁玉争执起来，竟然动手打了她一巴掌。宝清刚开始听了想笑，慢慢地有点难过，李沁玉嫁给左雪樵，怎么看都像美人瞎了眼，让人捉摸不透。快要睡着的时候，李沁玉的手机响了，她看了眼屏幕，掐掉了。再响，再掐掉。 刘大美问："左雪樵？"李沁玉说："嗯。"刘大美说："给我。"

宝清心想要坏，果然刘大美接过手机，脱口而出说："老左，你现在长能耐了哈，敢动手打人，真看不出来！"左雪樵像在不迭地解释，大约喝醉了酒之类，刘大美说："失去理智？ 失去理智你咋不回去把你妈捶一顿呢？"那边连声道歉，像是解释脑子犯浑之类，刘大美不依不饶地说："脑子犯糊涂？ 大脑一片空白？ 那你咋不去吃屎呢？"那边依旧低声下气，可能换了套说词，刘大美讥讽道："左雪樵，你是个尿人，只会打女人，你是个窝囊废！"刘大美骂得解气，李沁玉在被窝里乐得咯咯直笑。

宝清躺在地板上，听到刘大美这般出言不逊，想到自己玩钱币，以后还免不了和左雪樵打交道，忍不住轻轻叹了一口气。 李沁玉以为他在地板上硌得无法入睡，幽幽地说了一句："宝清，你还是到床上来吧。"

三

　　申老师像电报大楼门口的一块磁石，有种无形的吸引力，把一些玩家聚拢在走廊的地摊。玩收藏的各色人等都喜欢和他打交道，如果他不在，走廊的地摊市场就少了许多趣味。人就是这样，聚众了才有意思。宝清去电报大楼的路上，手机响了，是个外地的陌生号码。"是东方欲晓，陈老板吗？"对方问。宝清第一次被人这样称呼，有点不适应，说："是……哪位？"对方是个公鸭嗓，声音嘶哑地说："我在钱币社区看到你的巴拿马万国博览会奖章，可以优惠点吗？"宝清将图片发到网上以后，就忘了这茬，想到本钱是一万，很干脆地说："不可以，标的是来价。"对方顿了片刻，说："九万五吧，你把货送到杭州来，我请你吃饭。"宝清的脑子嗡地炸开了，不敢相信听到的声音，颤声问道："你说多少？"对方说："优惠五千，九万五吧。"宝清说："唔，我想想，再联系您。"

宝清折返回东方红影剧院的办公室，快速打开电脑，发现自己的帖子下面有一个名叫"冷酷十八"的泉友留言了，只有两个字：确认。看看标价，他的心一通狂跳，昨晚在黑暗之中操作电脑，鬼使神差似的，在价格栏输入数字时竟然多打了一个"0"，将脑子想的"10000"元误写成了"100000"元。这个从天而降的"0"，如同一颗炸弹被引爆，震得他脑瓜子发蒙。抬头看看窗外，天空辽阔，万物澄明，街上梧桐树下人流如常，一切都很平凡，宝清的内心却泛起了巨大波澜，像坠入奇异的幻境之中。他从没遇到过这种事情，不知道如何应对。想了想，他给冷酷十八回了电话："冷酷兄，九万五的价格您这边考虑清楚了吗？替老藏家代售的，以后若退货……"冷酷十八打断他的话，说："只要是图上的东西，不退货。"宝清的心又一通狂跳，他按捺住激动，轻声问："怎么交易？"冷酷十八说："给你预付五千块，你把奖章送来杭州，当面交割时，我再付你九万。"宝清说："行，一言为定。"

　　宝清回家里收拾行李，其实没啥东西，无非是剃须刀、充电器之类，一只小背包都装得下。从信阳去杭州需要乘一夜的火车，他计划当天晚上去，第二天交易完毕后立即返程，这样能节省下住酒店的费用。他特意看了看墙上的日历，2004 年 9 月 10 日，可真得记住这个日子，对他具有非同一般的意味。再看看那枚巴拿马万国博览会奖章，他感到一种巨大的安慰，像是一种潜心的投入获得了幸运之神的眷顾与拥抱。他在影剧院工作，却从未想到会遇到这样一个人生剧本。中午，刘大美下班回来，听说宝清要去杭州交易一枚"钱币"，问道："赚了多少？"宝清不动声色地说："八千五。"刘大美冷不防在他脸上亲了一口，说："想吃什么，我给你搞好吃的。"宝清说："你又不会做菜。"刘大美挤挤眼睛说："不用你管，包你喜欢吃就是了。"

刘大美跑到楼下买了几样小菜，卤的猪耳朵、鸡翅、鸭舌，凉拌海带丝，两瓶啤酒，最想不到的，还有一盒玉溪烟。她历来是最烦宝清抽烟的，主动买烟可是破天荒的事。啤酒倒上，宝清喝了第一口，刘大美笑眯眯地说："这赚了八千五，你打算给我多少？"宝清愣住了，刘大美的心思，原来在这笔钱上。刘大美直直地看着他，静静地等待回答。宝清反问道："你说呢？"刘大美说："我今年还没买过鞋子，风衣也没有，化妆品也都是杂牌的，还有我的包都是老款……"宝清说："你说要多少吧？"刘大美温柔的语气里透着决断，说："八千。"宝清眉头一皱，说："不行，你这也太狠了。"刘大美放下筷子，瞪着眼说："不给我八千，以后就不要玩钱币了，知道玩物丧志不？折腾那玩意儿让人看不起！"宝清只得缴械投降，无奈地点头答应，心里暗自庆幸，亏得留个心眼，没说赚了八万五，打了一折，不然全得被刘大美划拉去，准备在钱币上大干一场的构想就此梦碎了。两人吃完饭，刘大美将碗筷往边上一丢，献媚般地勾着宝清的脖子往床上倒。宝清被撩得火起，刚压到她身上去，手机响了，又是冷酷十八，宝清浑身一紧，担心事情有变，没想到冷酷十八说："东方兄，把钱币社区上的帖子删掉，免得别人看到图片再来问价。"宝清连连应允，心里终于妥帖了。

上大学的时候，宝清曾遭遇窃贼，在挤得水泄不通的火车上被偷去一千块生活费，裤兜上留下个狰狞的刀口。前年有个无锡昆曲社的曲师来东方红影剧院交流，钱包里揣着一万块钱，放在背包夹层里，曲师路上时不时摸一下，钱包的硬度一直都在，也就放心了。到信阳后，打开钱包傻眼了，如同变魔术般的，整沓的一万块钱被调包成了一册财务收据。 窃贼好像还良心未泯，贴着账本给留了一张百元钞票，搞得曲师大骂之余，又哭笑不得。 这次带着奖章乘火车，宝清觉得绝不能掉以轻心，这单生意对他而言容不得任何闪失，否则将是生命中无法承受之痛。 火车上人多眼杂，奖章无论装在包里，还是衣兜里，都有个不在眼前的弊端，难免时不时要像昆曲曲师一样看一眼，或者摸一下，而这些动作都是携带宝物的大忌，搞不好就会"露白"，被窃贼盯上就完了。

宝清想了个主意，买一盒几元钱的饼干，将奖章用保护袋裹起来，粘在饼干盒的底部，上面垫层防油纸，再装回饼干。 傍晚时分，他从信阳站乘上一列绿皮火车出发了。 他特意穿了一套旧装，衣服和仪容都不能太干净显眼，当然也不能邋遢不堪。 最佳状态是融入最普通的人流之间，让所有人都不会注意到他，并且过后也回忆不起他的样貌。 他平时喜欢阅读民国一代收藏家的钱币专著，北京、上海拍卖会的图录，或者收藏界的期刊，这次他在火车站门口买了一份《大河报》。

火车飞驰，窗外的天色渐渐暗下来，宝清从背包里取出那盒饼干，敞开盒盖放在座位前的小餐桌上，漫不经心地翻看那份报纸，刘德华在郑州举行了一场演唱会，照片上的华仔一身黄色龙袍，骑着黑色骏马深情地演唱，各种精致的机关道具令歌迷兴奋不已，有个女生在省体育中心外面痛哭，因为通过 QQ 购买门票被骗……他偶尔吃一块饼干，看上去百无聊赖。 身旁的几位乘客，一个中年大叔在张着嘴巴睡觉，年长的阿姨在哄着孙子，少女在听 MP3，还有一些站票乘客，目光茫然而无神，没人在意宝清的举动。 在乱糟糟的路途之中，看似平淡无奇之间，宝清一直保持着敏锐的警觉，像个执行任务的间谍。 只要桌上饼干盒在，他护送的奖章就在，而饼干盒每一刻都在他的视线之内，不用管自己的背包，甚至也不用担心钱包。 虽是第一次出门送币，但宝清隐隐觉得这种事情以后可能会成为常态，这有种隐秘而刺激的意味，得学会享受这个过程。他相信最狡诈的窃贼，也不会想到随意放在桌上的饼干盒里有名堂。

第二天上午十点钟，宝清如约赶到杭州第二百货大楼的收藏品市场，他跟对方约好在市场门口的一家银行见面。冷酷十八是个四十多岁的光头男人，脖子上戴着一条粗金链，看上去像个混混，人倒很和善。他把奖章简单瞟了两眼，托在手里轻轻敲了敲，揣进怀里，就去柜台给宝清转款，毫不磨叽。九万元到账，宝清感觉走起路来都轻飘飘的，身心畅快，充溢着满满的幸福感。冷酷十八说："东方兄，跑这一趟挺累，是请你吃饭，还是按摩？"宝清心有所虑，按摩的事儿不敢想，说："吃饭吧，等会儿就回信阳，那边还有事。"冷酷十八像是明白他的担心，呵呵一笑说："行，听东方兄的。"在街上找到一家餐馆，冷酷十八点了四个菜，西湖醋鱼、龙井虾仁、东坡肉和糟烩鞭笋，要了一瓶绍兴黄酒。坐的是雅座，旁边人来人往，宝清慢慢放下心来。冷酷十八倒上两杯黄酒，端起一杯说："东方兄，敬你！"宝清觉得有点多，不等他拒绝，冷酷十八一口干下去半杯，宝清微微呷了一口。冷酷十八说："东方兄，其实你运气挺好的。"宝清笑着说："咋讲？"冷酷十八说："这个奖章以前社区没成交过，无价可循，我一个做茅台酒生意的朋友，正在折腾一个中国酒文化博物馆，想要这个东西，不过说实话，我觉得不值这个价。"冷酷十八脸上荡着让人捉摸不透的笑意，宝清不知如何应答，只好故作糊涂，沉默不语。 冷酷十八说："东方兄多吃菜，杭帮菜也不知道合不合你的口味。"宝清说："我想问冷酷兄一个问题。"冷酷十八说："什么？"宝清说："你的网名为什么叫冷酷十八？ 有什么含义吗？"冷酷十八哈哈一笑，说："谐音而已，家里做的冷库生意。"宝清点点头："噢，那么十八呢？"冷酷十八说："冷库一共十八个。"宝清惊呆了，他终于相信这是个有钱的主。 冷酷十八语气平淡地说："我其实不玩钱币，对那玩意儿也不懂，我喜欢黄货，主要玩民国小黄鱼。"宝清举起酒杯说："冷酷兄，你确实很酷。"

四

东方红影剧院经营举步维艰，组织一些戏剧、曲艺或杂技演出，费尽心力地排练，买票的观众寥寥，无奈之下靠赠票撑场面，本钱都收不回。 经理想把影剧院承包出去，搞成夜总会，坐收渔利，上面不同意，说不能丢了文化传承，砸了金字招牌。 刘大美的舞蹈艺术事业前景暗淡，除了教少妇练瑜伽，连大妈们想学的广场舞也教。 她想纪律严明，把学广场舞的大妈想象成一个整齐划一的合唱团，然而大妈们没有几个听话的，执行力极差。 一排人站在一起，有一个该抬手的没有抬手，刘大美就大喊："牙齿呢？ 谁的牙齿掉了！"宝清在旁边看了想笑，那个豁口被称作"牙齿"倒也形象。 有的大妈身形僵硬，刘大美就大叫："软一点，柔一点，你们的腰比市长的后台还硬，咱这不是健身操，是舞蹈，舞起来懂不懂？"每天下班回来，刘大美累得浑身像被抽了筋，往床上一躺，百事不管了。 宝清以前给影剧院的录像厅画海报，现在录像厅倒闭了，顺应潮流改成了网吧，还是看录像的那帮年轻人在里面混，在键盘上通宵杀敌。 宝清落得清闲，每天早早回家动手烧菜做饭。 不管怎么说，刘大美带出来的学生还是像蚁群一样蔓延，占领了市区各个休闲广场。

宝清得了一笔暴利，看遍钱币社区上全国各地币商店铺里的精品钱币，买下几枚平时不敢企及的高档币。从天津"大刺猬"手里买了一枚湖北双龙壹两，花了八千元。 从北京"风之子"手里买了一枚大清丁未壹圆，花了一万两千元。 从苏州"钱伴生"手里买了一套"军阀七币"：徐世昌、段祺瑞、黎元洪戴帽、袁世凯共和飞龙一对、曹锟文装武装一对，花了五万元。 他把这些钱币带到电报大楼给申老师过眼，地摊市场立刻炸了锅，都说宝清有深藏不露的功夫，竟是个狠人。 他在钱币社区注册个网店，年租金五百元。 余钱用来倒腾便宜的龙洋，北洋龙九十元，大清宣三一百二十元，造币总厂三百八十元，从钱币社区上买回来，捂个十天半月，重新拍图上传到网店，配以煽动人心的广告语：此币高边直立、马齿整齐、文字挺拔、龙鳞犀利，历经百年烟尘而不染人间锈色，原光闪闪，一睹难忘，值得终身收藏……宝清每枚钱币多则赚两三千元，少则三五十元，沉浸其间，乐此不疲。 在钱币社区读帖时间长了，眼力也日渐提升，不谦虚地说，宝清觉得自己的眼睛像把利刃，坐在电脑前，满屏的钱币在目光一扫之下，谁优谁劣就尽收眼底，一览无遗。

左雪樵听说宝清搞到一枚湖北双龙壹两，打电话说想看看实物。 这天上午，宝清携带那枚双龙银币去到玲珑坊，左雪樵却不在，李沁玉坐在玻璃柜台前，手里盘着一支紫竹痒痒挠，麒麟阁的老边正和她说话。 只听老边说："老板娘，你这三个球真大啊！"眼睛直勾勾地瞄向李沁玉的胸前。 李沁玉脖子上挂着一个紫檀把件，像个圆球。"哪有三个球，这是紫檀手把壶！"李沁玉说。 老边忽然伸手抓住了紫檀圆球，手背故意蹭到了她硕大的胸部，说："我看看这个球。"宝清觉得老边的行为有点过分，然而李沁玉好像并不在意，只轻轻拍了一下老边的手，夺回紫檀圆球，说："别乱摸，这叫手把壶，戴着这东西，赌博把把胡，你那么好赌，戴一个吧！"老边的大背头梳得油光水滑，脸上荡着不怀好意的笑，问："多少钱啊？"李沁玉说："这是高油高密秒沉大西洋的紫檀，精工雕刻，八百八。"老边用拇指食指岔开比个八字，坏笑道："八十八。"李沁玉假装愠怒地瞪了老边一眼，立刻从脖子上取下来甩给他，说："给你！"老边从屁股兜里摸出一张百元的票子，卷成细条，插进桌上的钱匣里，冲沁玉挤了挤眼睛，转身走了。 李沁玉用手一指旁边的圈椅，示意宝清坐，然后给他泡茶，说："怎么想起来找我？"宝清愣了一下，心想自己是来找左雪樵的，只好语焉不详地说："早就想来的。"李沁玉"哼"了一声，把一杯毛尖茶递过来，忽然凑到他耳边，鼻子差不多碰到他的脸，说："陈宝清，你说如果左雪樵知道我们在一起睡过觉，他会不会打断你的腿？"宝清有点蒙圈，脸微微发热，她找刘大美投宿一晚，没想到现在会这么说，这不是栽赃嘛！她天生丽质，美艳迷人，宝清以为她在外面会很高冷，原来并非如此，他有点手足无措，说："我……"李沁玉走过来掐了下他的肩膀，说："看你吓的，你真胆小。"宝清闻到她身上沁人心脾的香味，那扑入鼻腔的气息让人头晕，滚滚愉悦溢满心间，说："这和胆子大小无关……"李沁玉笑着说："别解释。"宝清心想，我也没什么好解释的，本来就心无挂碍，对李沁玉他可不敢起心动念想别的，只是没想到李沁玉会和男人挨挨碰碰、掐掐捏捏，着实看不出来，他调侃道："左雪樵若知道了，肯定先揍你，怎么会揍我呢？"李沁玉走回到玻璃柜台后面，摆着手说："好了好了，我知道，不过你看他敢吗?"宝清想说,上次吵架左雪樵才打了你一巴掌,这么快就忘记了?

玲珑坊主要经营钱币、玉器和紫檀杂件,看情形钱币是左雪樵的强项,李沁玉则打理玉器和紫檀杂件。店门口有只古雅端庄的石狮,以前地主老财大宅前的镇门兽,可惜只剩一只,大约怕被人偷去,象征性地用根铁丝系在石狮脖颈上。 恍惚之间,宝清觉得李沁玉就如同那只石狮,沦落到民间,被破落户左雪樵捕获在手。 宝清喝了一口茶,自言自语似的说:"这茶味道挺正,我记得左雪樵说你会炒茶,这是你炒的吗?"李沁玉"切"了一声:"我会炒个鬼,跟刘大美一样,菜我都不会炒,还炒茶。"宝清暗笑了一下,说:"以前没看出来,你挺会做生意嘛!"李沁玉轻叹一声:"这算什么生意,贱里买来贱里卖而已,你有好生意,记得带带我。"

这时,左雪樵骑着电动车回来了,拎着头盔走进店里,见宝清坐着喝茶,看了一眼李沁玉,说:"咋没拿烟抽?"李沁玉一笑,说:"忘啦,我记性真差。"说着连忙去翻抽屉。 宝清站起来说:"不用,我现在抽得少,刘大美天天逼着让戒烟。"左雪樵笑道："男人抽烟，可不能被娘儿们管住。"说着从兜里掏出一个红色纸包，放在茶桌上展开，滚出几枚清代铜钱，都是常见的康熙、雍正、乾隆等大路货，那张红纸是一张广告传单，宝清拿起来看了看，武汉即将举办秋季钱币交流会。左雪樵问："双龙你带来了吗？"宝清说："带着呢，就为给你看这个。"说着从兜里掏出那枚装在水晶钱币盒的湖北双龙，递给左雪樵。 他知道左雪樵也是个高手，就注意观察其看币时的神情。 只见左雪樵拿起双龙远远端详一下，然后找来放大镜贴近眼睛，转动钱币查看铸造细节，边看边说："双龙很难鉴定的，因为真品一般人都没上过手，主要看字体的末端，有像鱼钩似的倒刺。"宝清不吭声，心想这些细节我都看了一万遍了。 看完币，左雪樵像在苦苦沉思，却不说真伪，喉结跳动了好几下，才说："宝清，这枚双龙让给我可以吗？有个客户一直让我找这个品种，回头我给你搞个更好的，我说话吐口唾沫是颗钉。"宝清最怕的就是这出，买这种高档币是有风险的，得看出人品。 这枚湖北双龙的上家"大刺猬"泉友是天津击剑队成员，曾获过全国击剑锦标赛第三名，冲这个身份宝清才放心买入的。

宝清想了想说："我才到手，还想玩一玩，再瞅到合适的双龙，我跟你说。"左雪樵将湖北双龙放在桌上，又拿起看一眼，似心有不甘，嘴角颤动几下，也没再勉强。

李沁玉走过来，抓起银币说："这就是传说中的双龙戏珠啊，真有派头，看看人家宝清玩的，这才叫品位。"左雪樵看了她一眼，没有说话。 宝清笑着说："我这是瞎玩哈！"左雪樵问道："下个月的武汉钱币交流会你去不去？ 若去，我们可以一块儿。"宝清说："好啊！"左雪樵点点头，说："提前一天去，去晚了好货都被别人搂走了。"宝清还没参加过钱币交流会，很想去开开眼界，况且左雪樵是个闯荡交流会的老江湖。

离开玲珑坊，李沁玉送至门口，才极不情愿似的把那枚湖北双龙还给宝清。 看了看在里面坐着的左雪樵，宝清低声说："好钱币，其实也是一种美色。"李沁玉像是深会其意，狠狠白了他一眼，说："我知道你好色。"

刚下楼梯，迎面看到傻子站在远处冲他招手。 宝清走过去，傻子拉住他低声说："宝清，我正要找你，想请你喝茶，下午有空吗？"宝清一愣，上次他将新买的湖北双龙、大清丁未和"军阀七币"带到电报大楼，待一圈人看罢，傻子捧着钱币册蹲在旁边默默看了很久，像若有所思。 宝清问："有什么事吗？"傻子说："想请你帮我看看币，在我们淮河饭店茶室喝个茶，聊聊天。"他如此一说，宝清有种满身武艺得到认可的感觉，正愁没地方露一手，就答应了。

五

宝清一直觉得傻子有点神秘，说起来认识他好几年了，却不知道他的名字。 电报大楼的其他玩家也是如此，连他姓什么都不知道，好像傻子本该就是一个可以忽略名字的人。 淮河饭店三楼的一间茶室，傻子静静地坐在一面木雕牡丹穿花落地屏风前等他，茶桌上摆了几样小碟，开心果、山楂片、西瓜子，一壶刚泡好的毛尖茶，细嫩的芽头上下浮动。 环境特别雅致，就会显得身处其中的人也极有涵养。 宝清瞬间对傻子有了新的认识，他能把自己隐藏起来，这也是一种能力。宝清站门口，将鞋底朝地垫上蹭了两下，说："你咋这么客气。"傻子连忙起身相迎，笑着说："来来，感谢光临，请坐请坐。"他一边提起茶壶朝两只天青色的汝瓷瓜棱杯里沏茶，一边说："嗑点瓜子，一块儿唠唠嗑。"宝清见桌上叠放着两本钱币册，控制住想去翻看的欲望，说："在淮河饭店上班真好，整天吃香的喝辣的。"傻子咧嘴一笑，不置可否，将茶沏好，双手托至宝清面前。宝清接过，尝了一口，汤味有点淡，不过回味清新甘甜，点点头说："好茶。"傻子又递来一支烟，说："老弟若喝得中这茶，我给你拿两盒。"宝清摇头说："我不懂茶道，好茶给我喝也白瞎了。"傻子说："不可能，你眼力那么好，不可能不懂茶。"

茶续二遍水，宝清实在忍不住，指着那两本钱币册问道："这是你收藏的银币吗？"傻子这才想起似的，把钱币册往前一推，说："对，不过算不上收藏，你给看看。"宝清翻开币册，每枚银币都装在水晶钱币盒里，排列得整整齐齐，两册共计七十二枚，基本都是普品龙洋，有的洗得太狠，有的绿锈包浆太重，戳记、划痕、磕碰触目惊心，一页一页翻过，中间有一枚安徽省造无纪年银币，自然流通品相，没有明显硬伤，算是难得之品。 宝清不动声色地看完，说："这些银币大都有毛病啊，不适合收藏。"傻子深深吸一口烟，叹口气说："这都是我交的学费，和无良币商打交道，他们愣是把美好的银币变成了伤人的铁块。"宝清听了想笑，傻子这句妙语，像是对银币爱之深、恨之切的血泪总结。 傻子站起来在茶室里踱步，忽然把烟蒂往烟灰缸里猛地一按，说："老弟在钱币社区开店，我看你做得不错，信誉挺好，想委托你把这些银币全部帮我出掉。"宝清有点发愣，问："银币，你不打算玩了吗？"傻子手一挥，说："不是，看过你买的银币之后，我痛定思痛，准备重新开始，以后每年擒一条好龙，拜托老弟帮我物色，我相信你。"

宝清不知如何回答，心想物色好龙也并不容易，需要运气和缘分。 不过他这个每年擒一条好龙的说法，倒挺具有某种藏家精神。 没想到傻子接下来一句话，让宝清彻底震惊了。 他说："你那枚湖北双龙壹两，不是八千买的吗？ 我愿意加价一万，一万八让给我，或者给我找一枚同样品相的也中。"宝清心跳加速，他意识到这是两桩生意。 帮傻子把这两册银币卖掉，说不定可以赚下那枚安徽省造无纪年银币。 而一万八卖给他一枚湖北双龙，相当于可以赚一枚双龙。 他想起那句老话，老龙正在沙滩卧，一句话提醒梦中人。 宝清说："中，只要你相信我，一定给你搞一枚双龙。"傻子击掌笑道："老弟，我想明白了，我辨认不好银币，那么我必须得会辨识人，如果这两条我都不具备，那就没法玩了。"

这时茶室门轻推，进来两名女服务员，端着信阳焖罐肉、固始旱鹅块、光山卤老鳖、商城桶鲜鱼等几道硬菜，还有一瓶剑南春酒，躬身放在茶桌上，退了出去。宝清从未受过如此待遇，有点受宠若惊，说："太盛情啦，说好喝茶，怎么变成了吃饭？"傻子说："家常菜，咱俩小酌两杯。"宝清不胜酒力，三两酒下肚，说话就把握不住分寸，想着控制节奏，尽量少喝一点。 哪知傻子也是如此，刚喝几杯脸就上红色了，俯首过来说："老弟，麒麟阁的边子麒、'铲地皮'的薛彪子并不赞赏你的玩法，说你买币出的都是憨价，而真正的高手是靠捡漏。"宝清立刻心头火起，脑子一热想发炸，但很快又释然了，微微一笑，说："难怪他们手里没有什么好东西，天上哪会真的掉馅饼啊，所谓捡漏，大多是讲故事而已。自古便宜没好货，好货不便宜，那些拥有好币的人都是傻子吗？我怎么没有遇到？你一定要明白，便宜的不是漏，与之相反，贵的才是漏，很多价格贵的钱币才是可遇不可求的。"傻子听得眼睛直闪光，咧嘴笑道："智者和傻瓜的区别就在一线之间，许多自认为聪明的人，其实才是真正的傻子。"

宝清心里一动，这番道理听起来很浅显，做起来却很难，听和做是两回事。他给傻子倒了一满杯酒，说："你大智若愚，我敬你一杯。"傻子接过，一仰脖喝下，呛得直咳嗽，连忙喝口茶来压压。宝清说："少喝点，我们随意吧，以茶当酒。"傻子说："没事儿，慢慢怼，把这一瓶怼完。"宝清脱口而出，说了句傻话："你一点都不傻，为什么叫傻子？"傻子淡定地说："世间熙熙攘攘，聪明人太多，拼命地往前冲，我愿意落在后面，仅此而已，结果就成了傻子。"

六

左雪樵蓄着浓密的络腮胡，有种有故事的沧桑感，宝清挺羡慕的。 男人的络腮胡大约相当于银币的黑漆古包浆，属于岁月浸润的痕迹，可遇不可求。 不过左雪樵的络腮胡有点邋遢，整个人看上去黝黑健壮，而又略显粗鲁笨拙，有种让人捉摸不透的感觉。

早晨七点钟，宝清赶到火车站候车厅的时候，在人群中一眼就看见了左雪樵。 他实在不像个职业币商，正对着瓶口喝一瓶半斤装的北京二锅头，旁边的椅子上泡着一桶康师傅方便面，好像把方便面当下酒菜。 宝清怀疑他可能早晨起来脸都没洗，像露宿街头的流浪汉。 宝清想先不惊动他，在远处找个座位，却发现李沁玉就在对面的椅子上坐着。"宝清！ 宝清！"左雪樵冲他挥手。 宝清只得硬着头皮走过去，说："左老板。"左雪樵晃了晃他的酒瓶，说："来一口吗？"宝清摇摇头。 李沁玉没有说话，面露淡淡的微笑，看上去像个孤独的旅人。

火车还要半个多小时才开，两人坐在那里，没啥聊的。因为左雪樵从来不聊李沁玉，仿佛他不知道李沁玉和刘大美是闺蜜一样。他不聊，宝清也不好主动聊。他们越不聊李沁玉，李沁玉反倒像横在他们中间似的，挥之不去，感觉怪怪的。左雪樵背了个鼓鼓囊囊的帆布包，看样子准备摆地摊。宝清没带银币，他只想体验下交流会，无币一身轻。左雪樵上下打量一番宝清，说："你以后给傻子点拨点拨，也买点我的银币，我给你茶水费，他净上别人的当。"宝清有点糊涂，问："为啥跟我说这个？"左雪樵笑着说："傻子蛮信任你，昨天在电报大楼说你的好话。"宝清明白了，暗想傻子越信任我，越不能那样干，太亏心啊，也就笑而不语。

在火车上，左雪樵时不时把二锅头拿出来喝一口，看上去行为落魄而放肆，百无聊赖而又充满忧虑，像被生计所困的人沉浸于短暂的缥缈无望之中。宝清觉得左雪樵身上释放了一种极为安全的信号，没人会想到他是一个携带银币的币商。李沁玉坐在对面，一直默不作声，像独处于静夜，在用想象填补眼前虚空的现实。

武汉钱币交流会举办地在汉口崇仁路收藏品市场，两人赶到崇仁路已是上午十一点多，市场门口设有参会币商报到处，负责预订展位和登记住宿。 左雪樵绕过报到处，说："咱们不搞这些，直接去找南哥。"市场内的空地上摆满了古玩地摊，铜玉瓷杂，琳琅满目，众多地摊整齐得如同一个作战队列，中间留一条狭窄的小径。 两人沿着小径拐进一爿名为"南藏世家"的店铺，两间门脸，店里已经坐着几个人，正在喝茶聊天。 左雪樵喊道："南哥。"店主是个白净的中年人，看到左雪樵连忙相迎，说："哎呀，左老板来啦，还有大美女，欢迎欢迎！"说着递过来一只红木托盘，盘内放着一条拆开的黄鹤楼烟和几个打火机，左雪樵拿了一包烟，说："南哥这么客气。"南哥说："有打火机吗？ 他们几位刚下飞机，打火机都被安检没收了。"初次见面，宝清不好意思拿烟，就摆摆手装着不会抽。 坐着的几个人都盯着李沁玉上下打量，眼睛直放光，坐姿也有模有样起来。 李沁玉身上有股魔力，能让男人不自觉地产生微妙的紧张感。

左雪樵从背包里掏出一册银币，双手递给南哥，神态非常恭敬。南哥逐一翻页，目光快速扫过，然后把币册还给左雪樵，说："信阳属于楚文化范畴，应该出东西的，多留意楚国的金币、铜镜之类，有消息跟我说。"左雪樵连连点头称是。旁边喝茶的几个人也先后掏出钱币册递给南哥，像给带头大哥敬贡似的，看上去个个都很讲礼数。待南哥看罢，一个北京币商想把币册装回旅行箱的时候，宝清想翻翻，北京币商低声说："住下来再看，交流会好几天呢。"宝清立刻领会到这可能是行业规矩，在店家的场子，币只能给店家看，币商之间互相交流会犯忌讳。要买币，也只能先买店家的，毕竟是人家的地盘。果然，中午南哥在市场门口的小蓝鲸酒店订了一桌，给到店的客人接风。

往小蓝鲸去的路上，正午的太阳有些耀眼，李沁玉戴上墨镜，看上去有点神秘。宝清觉得一切都是新鲜的，他想看看市场门口交流会的海报，上面有许多精品钱币的图片，交流会期间要公开拍卖。左雪樵似乎心思不在此，说："我们不住小蓝鲸，那儿房价三百多，旁边有个武船招待所，只要一百二。"宝清还没接腔，李沁玉说:"不住小蓝鲸,晚上的欢迎晚宴也没资格参加对吧?"左雪樵说:"晚宴都是装装样子,不去蹭那个饭局,真想喝酒还得出去找烧烤摊。"李沁玉说:"我想去户部巷,那儿的小吃很出名。"宝清说:"我也想去。"

吃过午餐,同南哥一群人分别,三人赶到武船招待所开了两个房间。休息一会儿,左雪樵要去市场的空地上摆地摊,宝清对地摊没兴趣,想去小蓝鲸酒店看个究竟。李沁玉说有点累,要在房间里睡觉。三人约好傍晚去逛长江对岸的户部巷。

小蓝鲸酒店是交流会的承办酒店,参加交流会的币商各自开间房,钱币摆在床上,币商互相串门看币,俗称为"床交会"。宝清一间间地看过来,发现在酒店开房间的币商,卖的币大多是真品;而在市场内摆地摊的古玩贩子,则大多是赝品。酒店币商和地摊币商,像两个不同的圈子,就算凑在一起开交流会,也是两个互相隔膜的群体。走进拐角的一间房,竟是中午一起吃饭的北京币商,挺斯文的一个人,但别人都喊他疯子,正在将行李箱里的钱币一枚枚往床单上摆。宝清说:"兄好,需要帮忙吗?"对方说:"噢,兄弟,中午坐一桌，我还不知您贵姓呢。"宝清说："我姓陈，在钱币社区叫东方欲晓。"对方想了想，说："东方、欲晓，你是不是买过我一枚大清丁未？ 我是北京的风之子啊。"宝清激动得尖叫起来："哇，风之子，南哥喊你疯子，我怎能想到你是风之子。"对方呵呵一笑，说："都是这样叫的，我无论在哪里说我叫风之子，别人喊着喊着就成了疯子。"

看别人的币，如果不诚意买的话，是不好意思久看的。 两人有过交易，这些顾忌就随风飘散了。 风之子将装在水晶圆盒里的银币一枚枚从币册里取出来，在床单上摆成了个正方形，稍有偏斜处，反复整理。 宝清不解地问："为什么要摆这么齐呢？"风之子笑道："随便码放在一起，别人来看罢，少一枚币不容易发现，现在拼成正方形，少哪枚币，一眼就可以看出来。"宝清立刻顿悟，这些看似无用的讲究，正是细节处见功夫。风之子的币都是硬通货，宝清看中一枚甘肃加字大头，拿起来端详良久，这枚珍稀大头可能长期混在普通大头之中，没有被人盘玩，形成未被惊扰的淡黑色的传世包浆，反倒比其他精品银币更有味道。 那些被洗得白花花的银币，像人的形体虽在，却是丑陋的裸体，色彩暗淡无光，相貌死板沉闷，毫无精神气质。 宝清问："这枚甘肃加字大头多少出？"风之子递过来一瓶矿泉水，说："六千五。"宝清暗想果然好币好价，这个品种在钱币社区标准价大约四千五，贵了两千块。 宝清犹豫间，风之子一笑，说："老弟若要，优惠五百，六千块。"这时房间里进来两个年轻人，听见他们在谈生意，其中一个凑了过来，接过宝清手里的甘肃加字大头，从兜里掏出放大镜，观察币边缘的"长城齿"暗记，宝清觉得这年轻人挺懂行，甘肃加字大头独有的"长城齿"，是铸币匠心的体现，更是精致度的表达。果然，年轻人将币握在手里，问："老板多少出？"风之子说："六千五。"年轻人说："我刚听您说六千。"风之子顿了顿说："宁散千金收稀有珍奇，不图贱价买一般平凡，好东西自然好价格，这枚底价就是六千五。"年轻人想了想，解开背包从里面取出一沓钞票点数。 宝清暗叫不好，可为时已晚，年轻人数钱的动作干脆利落，一气呵成。

两个年轻人离去后，宝清后悔得直拍大腿，说："风哥，我也想要哇。"风之子轻叹一口气，说："你想要一枚币，就不能松手，中途给别人看，就意味着你不想要了，这样别人才有机会。"宝清豁然醒悟，想起那年轻人将币紧紧攥于手心的样子，心如刀绞，说："币虽然没买到，倒长了见识，教训深刻！"风之子嘿嘿一笑，说："那枚大清丁未你可以收留好，不要轻易出，北京四合院老藏家的东西，出给你之后我都后悔了，很难搞的。"宝清连连点头。

两人抽着烟，聊些闲话。 风之子忽然冲他眨眨眼睛，说："东方欲晓，中午跟你一块儿的那娘儿们不错，你们啥关系？"宝清说："我跟她不太熟。"风之子坏笑道："不熟怕什么，所有的关系都是从不熟开始的，要把她搞熟。 玩银币也是开始不太熟，玩着玩着就熟啦！"

七

宝清本想请风之子吃个饭，但想到和左雪樵、李沁玉约好去户部巷吃小吃，话到嘴边又忍住了。 回到房间，走廊里寂静无人，他觉得有点无聊，就倒床上眯了一会儿。迷迷糊糊的，听到外面有人敲门，他以为是左雪樵摆地摊回来了，拉开门缝，竟是李沁玉。她大约刚洗完澡，头发还有点湿，靠在门边上，说："带茶叶了吧，讨一点泡杯茶喝。"宝清说："进来一起喝吧。"李沁玉懒懒地拨弄下头发，说："不太好，在你这里算怎么回事？"宝清故作坦荡地说："喝茶嘛，哪里喝不一样，我这里有啊，刚泡好的。"李沁玉就趿拉着拖鞋走了进来。

宝清找开水壶烧水、洗杯子，然后掏出包里带的一小盒信阳毛尖。李沁玉"哼"了一声，说："你不是说有泡好的吗？"宝清说："重泡吧，提前泡的茶，不怕我放迷魂药吗？"李沁玉哈哈大笑，斜眼瞪了宝清一下，她的眼白比较多，斜眼看人时，有种勾人魂魄的美。"你有吗？我愿意尝尝。"李沁玉揶揄道。宝清倒没词了。泡好茶，两人在窗边的椅子上坐下，品了几口，李沁玉问："你刚才去小蓝鲸，买到了什么？"宝清说："物色到一个好东西，正准备买呢，想到你一个人无聊，就回来了。"李沁玉说："这话你咋不当着左雪樵的面说呢？"宝清笑道："我下次试试。"和李沁玉在一起，宝清感受到一种充满禁忌的诱惑。

酒店紧邻长江，李沁玉看看窗外，江畔有幢建筑顶着两个硕大的字"武船"，问："真奇怪，啥叫武船？"宝清说："武汉坐船的地方。"李沁玉的眼神很清澈，她似乎不太相信，却也没有反驳，说："好像有人在江边钓鱼。"宝清凑过去看了看，说："我想起一道数学题，你看看能不能解出来。"李沁玉说："我数学向来不好。"宝清说："很简单的，有对夫妇承包一个鱼塘，放鱼进去让别人钓，按斤收费，男的放进去一千斤鱼，结果被人钓走一千一百零二斤，这是为什么？"李沁玉立即回答："塘里原来有鱼。"宝清摇摇头。 李沁玉又答："鱼儿会长大。"宝清又摇摇头。 李沁玉尖叫起来："我他妈的不知道，你说！"宝清说："男的老婆很漂亮，长得跟你差不多。"李沁玉白了他一眼，说："这与他老婆漂不漂亮有什么关系？"宝清故作镇静地说："男的老婆被人勾跑了，那女的重一百零二斤。"李沁玉扑哧一笑，胸部直颤动，笑罢指着宝清的鼻子说："你他妈真无聊。"

两人并肩看着窗外，宝清心里漾出平静而美妙的感觉，江边那些微渺的人和物仿佛变得意境悠远迷人。李沁玉的手机响了，她看了眼手机屏幕，用胳膊肘碰了一下宝清，示意他不要说话。　来电的是左雪樵，李沁玉只听了一句，就尖叫起来："你在火车站？　现在要回去？"那边像在解释什么，声音急促而焦虑。　李沁玉说："你在搞啥鬼呀，说好的户部巷呢？　岂不白来一趟？"那边又喋喋不休地说了一通，李沁玉沉默了一会儿，说："我想想。"挂了电话，李沁玉用一种意味深长的眼神看着宝清，说："左雪樵刚才在地摊上五千块卖了一枚假币，怕买家找过来，他没来得及退房，拎着包直接去了火车站。"宝清呆住了，他感到既吃惊而又不意外，事情这般戏剧化，很符合左雪樵的本性。　他捏了捏李沁玉的胳膊，说："太好了，他把你留给了我。"李沁玉默不作声，像在想着什么。　宝清抓住她的手，她好像没有意识到，又或许是佯装不知。　宝清从背后贴住她，闻到她身上迷人的香味，李沁玉眼睛微眯，像是丧失了反抗的能力。　但宝清知道不会这么简单，李沁玉短暂的意识含糊，更像是在观察宝清的一出表演，或者在思考眼前夸张而极端的可能，她是放任与矜持的复合体。　然而顾不了这许多，宝清蠢蠢欲动的心膨胀、炸裂，像个火药桶被点燃了，他粗野地箍住李沁玉，像砍伐一棵树一样把她放倒，胡乱剥掉她的衣服。如同拆开一件快递包裹，他明明知道里面是什么，动作却依然十分急切而笨拙。　可能是刚洗完澡，她竟然没有穿胸罩，他立刻被一种稍纵即逝的幸福感吞没了。李沁玉低声说："左雪樵会杀了你。"宝清说："他愿意的。"左雪樵售卖假币的欺骗行为，也激发了宝清的犯罪欲望，他什么也不怕，当挨到李沁玉的平坦的小腹，像触摸到一枚绝世美币，超出了他的认知经验，令他无比兴奋而又有点恐惧，浑身不自觉地战栗。　在撕扯中他击溃了李沁玉的防御，抵入她的身体，如同探寻从未领略的世外桃源，只有短短的一秒钟，她的手机响了，左雪樵又打来电话，她在慌乱中接听电话，说："回就回，你别疑神疑鬼！"她猛地从宝清身下挣脱，轻盈地跳下床，她也练过舞蹈，几乎落地无声，说："等着瞧，我回去告诉刘大美。"李沁玉突然的自我阻断，令宝清无言而羞涩，不知所措。　李沁玉弯腰把地上的内裤、短裙捞起来，一件件套在身上。 看见宝清的裸体尴尬地戳在一旁，李沁玉语气温柔地说："宝儿，咱俩就当啥事也没发生。"

宝清去李沁玉房间，帮她收拾行李。 刚过去的短暂相处，两人之间像是已经有了不需解释的默契与亲密。 她床上竟然放着一本文学书，余秋雨的《借我一生》。 宝清没看过这本书，却被这个书名打动，它蕴含的深邃含义像是对李沁玉这个绝世美人的人生映照，他不由得对她刮目相看。 宝清家里也有些当代文学书籍，不过他很少读完一本，他觉得当代文学太无趣，啰唆乏味的陈词滥调烦人透顶。 两人打车赶往汉口火车站，和李沁玉走在一起的时候，宝清有种宛若情侣的恍惚之感。 当远远地瞥见站在火车站广场抽烟的左雪樵，宝清说："左老板这是在踩高跷、走钢丝，胆子可真肥。"李沁玉不动声色地说："他胆子再肥，有你肥吗？"宝清暗笑，两个人说的如同黑话。

八

宝清卖了一枚江南戊戌给苏州的钱伴生，几天后钱伴生在钱币社区给他留言："东方兄，币细看过，疑有小修。"钱伴生是业界的资深币商，宝清买过他的"军阀七币"，绝对相信他的判断，而且他的留言也极有涵养。一个"细"字，隐含着其结论不容置疑之意，一个"疑"字，又谦逊地留有余地，最后却没说要退货，让人自己体会弦外之音。宝清给他回复："钱兄，本应无条件包退，但良师难遇，对您附加个条件，拜托教我怎样辨别修补如何？"隔日钱伴生发来留言："哈哈，小东西，不退了。"他这种宽容大度而又不妥协的态度反倒令宝清着急，连忙给他打电话，表达自己拜师求教的迫切心情，辨别银币的修补是比鉴定真伪更高深的技术，是巍巍大山群峰耸峙的最高峰，困扰自己太久了。

钱伴生在电话那端一直笑，末了说了句："辨别修补没那么神秘，吹口气的工夫我就把你教会了。"宝清觉得他可能不太清醒，甚至是胡言乱语。不料钱伴生又说："我近日要去西安参加钱币交流会，兄弟若真想学，我从信阳站下车，咱们面谈机宜。"宝清说："我净水泼街，黄土垫道，真诚地欢迎兄弟。"

钱伴生来信阳的那天下午，宝清亲自去火车站迎接。待出站口人流散尽，才慢腾腾走出一个戴着灰色毡帽的男子，背着一只双肩包，像个散漫的旅人，却又有种币商行走江湖特有的孑然独行的气质。宝清走过去，试探着喊道："钱兄？"对方笑着眨眨眼，轻声应答："东方欲晓。"宝清紧走几步，冲上去握住钱伴生的手。他知道信阳之行对钱伴生而言可能只是一次寻常的访友，却是自己融入全国钱币圈的象征。而本市的其他玩家，固守本地市场的交流圈子，像是在南郊野瀑布下面的深潭里沉睡。

宝清带着钱伴生打车到淮河饭店，推开三楼的一间茶室。一个身穿汉服连衣裙的女子正在茶桌前煮一壶泉水，上好的毛尖茶卧在几只钧瓷斗笠杯中，煮沸的泉水冲进去，嫩绿的毛尖芽头在水中漂游，如舞蹈一样赏心悦目。桌上摆着几碟干果点心，旁边的鬲式香炉里燃着沉香，茶室浮动着沉静怡人的清甜香气。宝清说："钱兄，这是我们古玩城的茶仙子，专门来为您献艺煮茶。"女子面容平静，不动声色，如同在忘我的无人之境。钱伴生连连作揖，说："东方兄，你真会玩儿。"宝清说："在我们小地方，最安逸的事情，就是邀三两泉友，喝喝茶，看看币，聊聊天。"钱伴生冲他伸了个大拇指，说："苏州也是如此。"说着，拉开背包的拉链，从里面取出一册银币。宝清接过来，全是他只在钱币拍卖图录上见过图片的顶级珍品：台湾寿星银饼、光绪二十二年北洋机器局壹圆、大清丙午中字壹两、广东省造七三反版、浙江省造七钱二分……每一枚银币都如同世外高人，江湖上萍踪难觅。那些银币流光溢彩，宝清个个都顾不得细看，只觉得眼花缭乱，头晕目眩。女子放下茶壶，凑过来瞟了几眼，脸上的表情就不淡定了，不觉间脸颊泛起两朵红晕，她坐下来慢慢欣赏，仿佛银币令她害羞起来，翻动币册的纤纤玉指都有点颤抖了。钱伴生慢慢喝着茶，像是从未认真看过女子一眼，却已然知晓她是个绝世美人，脸上挂着轻松洒脱的笑意，说："我去方便一下。"说着起身走出茶室。 宝清想去引领一下，钱伴生摆手说："不用。"女子起身贴在宝清耳边问："天啦，这册银币得值多少钱？"宝清闻到了沁人心脾的香水味儿，耳根也有点发痒，反问道："你评估一下？"女子说："我约莫……五百万？"宝清摇了摇头，说："你约莫的还有点差距。"继而又说："不过兴许你可以，你掏出五百万，说不定他就给你了。"女子狠狠掐了他一下。

钱伴生走回茶室，靠在椅子上，扭动酸胀的脖子，看到女子看钱币册入神的样子，笑眯眯地问："敢问茶仙子贵姓？"宝清说："忘了给你介绍，她叫李沁玉，在我们古玩城有间古玩店，叫'玲珑坊'。"李沁玉微微一笑，说："给别人打工的。"钱伴生"噢"了一声，说："'玲珑坊'，这名字好听，是经营玉器吗？"李沁玉轻声答："铜玉瓷杂大杂烩，钱币也有的。"钱伴生点点头，似有所悟，说："茶仙子博学多才，不像我只懂银币专项，说实话，我连古钱、铜圆都一窍不通，只会玩点儿银币。"李沁玉掩面而笑，说："钱大师真能谦虚。"钱伴生半真半假地说："我在苏州也有间古玩店，特别需要茶仙子这样的能人帮帮我。"李沁玉像是不知道怎么应对为好，眼眉低垂，起身说："我去看看，让后厨上菜。"钱伴生扭头看着李沁玉身姿窈窕的背影，似乎在暗暗称赞。

宝清想到此行的正题，说："银币修补的问题，我日夜揣摩，始终不得要领。"钱伴生轻飘飘地说："东方欲晓，其实我已经教给你了。"见宝清直发愣，又说："每一枚修补的银币，都是一座堡垒，攻破它需要一些手段，我拿资料跟你讲。"说着去翻他的背包，宝清以为他会掏出一本经典文献，没想到钱伴生抠出自己卖给他的那枚江南戊戌银币，说："我电话里说过，吹口气的工夫就把你教会了。看好了，对着钱币哈一口气，凡是有修补的地方，就会泛起一片白色的痕迹，因为修补用的银子和原来的银币并不真正相融，哈口气就使它瞬间露出了本来的面目……"说着朝江南戊戌银币的字面哈口气，递给宝清看，奇迹出现了，在"宝"字下面出现了一颗黄豆大的白斑，大约持续三秒钟，白斑又慢慢消失了。宝清做梦也没想到如此简单的方法，对辨别修补却如此神奇有效，自己又试着哈了一口气。钱伴生说："收藏，就是把人教育成疑心很重的人，把辨别修补的本领学会，以后就不用疑心了。 东方兄弟，你记住，我今天教你的方法永远不要对钱币圈的任何人讲，现在修补手段越来越高明，此招一旦被破解，相当于自毁长城，砸了我们自己的饭碗。"宝清双手作揖，连声说："一定，我发誓不会对任何人讲起。"钱伴生看了看他，诡异地笑了，说："保守秘密是件很痛苦的事情，只要不对钱币圈的人讲就可以了，比如你回家对老婆讲，就无所谓嘛！"宝清说："我老婆对钱币根本不感兴趣，她只关心能赚多少钱给她花。"钱伴生哈哈大笑。

宝清准备了一瓶五粮液，那是他最好的酒。 钱伴生却摆摆手，说："咱俩喝有啥意思，能不能换成红酒，让茶仙子也喝一点嘛。"宝清只得应允，起身下楼到饭店门口的烟酒店买了两瓶张裕葡萄酒。 等宝清回到茶室，提前预订的几道菜品已经上齐了，红烧鳜鱼、霸王别鸡、烤羊排、腊肉炖鳝鱼，还有鸡公山的地皮菜和珍珠花。 李沁玉正在和钱伴生聊天，只听她问："你是怎样收集这么多好钱币的？ 我却什么都留不住。"钱伴生笑答："玩收藏，心不换物物不至，心之所至，物自然来。 我的体会是，很多时候玩儿的是个心气儿。 心气

112

儿在，越玩儿越喜欢。心气儿不在，就想把东西出掉。"宝清觉得他说得很对，却又仿佛没说到根本所在，笑着说："我缺的不是心气儿，而是钱啊。"葡萄酒倒上，钱伴生托着红酒杯，慢慢地摇晃，说："没钱有没钱的玩法，高明的厨师，就算是一道咸菜，也能做出烧鹅的味道……"李沁玉像是听得如痴如醉，又问："你的收藏秘诀是什么？"钱伴生如同传经布道，眼神里闪烁着兴奋的神采，说："选择对了少走弯路，决策对了赢得人生，收藏一定要做到人无我有，人有我精，人精我绝。"宝清举起酒杯，说："来，钱兄，我敬你，感谢指教。"李沁玉放下刚开始的那点矜持，变得温柔可人，脸上荡着甜美的笑容。

刚喝完一瓶红酒，宝清的手机响了，是刘大美打来的。宝清一接听电话，就浑身一颤，腾地站了起来。刘大美电话里说她肚子疼。她已经怀孕七个月了，每天晚上都坚持走两公里，这样便于生产。今晚刚走了一公里多，肚子就疼得厉害。宝清的心提到了嗓子眼，脸都有点白了。他挂了电话说："钱兄，抱歉，我先失陪一下，家里有点事。"钱伴生没有细问，说："好的，咱自家兄弟，不用客气。"宝清说："您下榻的房间已经订好了，到饭店的前台领房卡就行，沁玉替我陪钱兄说说话。"说完和钱伴生握手告别，转身走出茶室，李沁玉送到门外，欲言又止似的想说什么，最后冲他挥了挥手。

宝清回到家里，刘大美正敷着面膜躺在床上看电视，刚才肚子疼了一阵，现在已经好了，没事儿人一样。宝清哭笑不得，心里却暗暗叫苦，他没敢跟刘大美说晚上请李沁玉陪外地币商吃饭的事，此刻也不好说别的。晚上十点多钟，刘大美熟睡后，宝清给钱伴生打电话，那家伙竟然关机了，想打给李沁玉问问，又怕左雪樵在旁边听见多疑，就忍住了。

九

刘大美在妇幼保健院待产的时候，经营状况入不敷出的东方红影剧院终于撑不下去了，上面传来消息，影剧院被郑州的中原演艺集团整体收购，说是文化机构融合发展。 更惨的消息是，影剧院经理对宝清说，中原演艺集团与影剧院职工实行双向选择，他们只想要舞蹈演员刘大美。 言下之意，只能画海报的陈宝清得买断工龄下岗。

刘大美诞下个八斤重的男婴，被助产士从产房推出来，听说宝清将要下岗的消息，她竟然没有一丁点儿吃惊难过，反倒没心没肺地哈哈大笑起来，笑罢叫道："我肚子饿啦！"宝清给她煮红糖水荷包蛋，她坐起来一口气吃了八个。 宝清说："你一点儿不像刚生完孩子的人。"刘大美说："我恨不得立即去上班，我要去郑州啦，你可怎么办？"宝清沉默半晌，说："其实我早就想去郑州了，只是缺少个理由。"刘大美有点摸不着头脑，叹口气说："你去郑州能干什么？"宝清笑而不语。第二天，宝清第一个找影剧院经理签下买断工龄的合同。

宝清在电报大楼跟申老师说，想出掉自己手里的"军阀七币"，去郑州买套小房子落脚。 申老师也赞同他的想法。 旁边有人接话，那么贵的东西，傻子才会要。 这句话倒点醒了宝清，他想起淮河饭店的傻子，打电话约他一起喝茶。

在淮河饭店茶室，宝清掏出"军阀七币"钱币册，傻子接过去略微翻了翻，便放在了茶桌上，好像他对这些币的品相早已了然于胸。 宝清说："玩钱币就是要积谷囤粮，而且要囤优质粮食，这一套军阀币是我非常看好的品种。"傻子问："多少钱？"宝清说："买在无人问津时，卖在人声鼎沸中，这些币你现在拿住，我敢保证以后可以大挣一笔。"傻子又问："陈兄，多少钱？"宝清说："这一套军阀币，现在打包卖给你，我心里非常不舍。"傻子眼睛直勾勾地看着宝清，说："理解。 多少钱？"宝清想了想说："两万一枚，一共十四万，刚好够我在郑州买套八十平方的房子。"傻子一声不吭，直接将桌上的钱币册拿起来揣进自己包里，然后端起茶杯说："陈兄，我敬您。"宝清以为要费很多口舌渲染这套银币的未来潜力，没想到越是大宗的交易，越是如此简单。 他心里甚至还有再看一眼那套"军阀七币"的念头，昨晚从床板下面取出来，想着是要出让的东西，竟然都没有好好再看一遍。

傻子的眼睛里忽然闪出异样的神采，说："现在钱币社区的人都知道你是辨别银币修补的高手，其实我也下过很大的苦功，总结了一套方法。"宝清心里一动，问："什么方法？"傻子说："在煤气灶上烧。"宝清听得糊涂了，以币商对钱币的爱惜，从币盒里取出钱币时，往往只捏住币的边齿，手都舍不得触碰币面，以免留下印痕，怎么能放在煤气灶上烧呢？ 傻子一本正经地说："当把有修补的银币支在煤气灶上烧，会有一个神奇的现象，修补之处的银子会率先起泡、融化，因为修补用的银子没有经过银币铸造时的机床冲压程序，是平刮于币面之上的，密度小于银币本身。"宝清差点笑出声来，说："那然后呢？"傻子嘿嘿一笑说："然后币也毁掉了。"宝清说："你这种鉴定方法有何意义？"傻子吞了口唾沫说："就是至死也要搞个明白，到底有没有修补。"

宝清说："你这是闹个鱼死网破啊！"傻子双手抱拳，恳切地说："我特别想知道您是怎么辨别修补的，能不能教教我。"宝清心头一热，几乎就要脱口而出了，然而想起钱伴生叮嘱他的话，又冷静下来，从兜里掏出一支烟，淡淡地说："这是一种感觉。"傻子愣愣地听。

宝清又说："一枚银币历经百年传承，形成富有层次的包浆，褶裥、凹陷、远近而分出许多细微的区别，构成了一种自然生态。 如果对银币的戳记或伤痕进行修补，就破坏了这种自然生态。"傻子点点头，说："我明白，但这种感觉实在难以捉摸。"宝清说："我们看公园人工湖里的花草，和大自然湖泊、河流里的花草，虽然都是花草，但它们显然是有区别的，大自然的作品是人工无法模仿的。"傻子连忙给他点烟，一脸似有所悟的神情。

+

宝清和刘大美准备搬家到郑州的前夕，文庙古玩城里发生了一桩市井闲事，引发人们的许多猜测和遐想。玲珑坊的老板娘，不辞而别地消失了。 左雪樵闭店十日，找遍了信阳的大街小巷，据说还去武汉查探了一番，一无所获，最后得出的结论是被人拐跑了。 经此变故，左雪樵原本的瘦脸，变成了刀条子脸，他放出豪言："若被我知道是谁搞出的破事儿，非宰了他不可。"
宝清听到此言，吓得心惊肉跳。 有人帮着左雪樵分
析，问他得罪了什么人，是不是有人设计报复他，左雪
樵就不言语了。

不过好像没人留意到宝清的内心所想，他不敢去古
玩城逛荡，甚至不敢靠近玲珑坊。 和申老师在电报大
楼门口聊天，所有地摊都撤了，他们聊到暮色四袭，讨
论什么样的钱币包浆最得人心。 宝清说："好的钱币包
浆能达到疏影横斜水清浅，暗香浮动月黄昏之境。"申
老师手里盘着一串玛瑙珠子，神思悠远，像在想别的，
忽然说："那个左雪樵，几年前我就劝过他，樵者不离
山，他非不听，跑到市里来开什么古玩店，结果怎么
样，把老婆混丢了。"宝清说："我记得您好像说过这
话，但我们谁也想不到会应在他老婆身上啊！"申老师
微微一笑，说："美玉者，就算樵夫偶拾之，也终究不属
于樵夫。"

刘大美作为李沁玉的闺蜜，知道消息竟然比宝清还
晚。 她跟宝清透露一个秘密，李沁玉跟左雪樵虽然结
婚了，其实两人没有扯结婚证。 刘大美说："他们是无

效婚姻。"宝清心里猛一豁亮，却只能装着不太关心这些。 刘大美给李沁玉打手机，语音提示"您拨打的电话暂时无法接通"。 关于这一点，古玩城的人早就知晓其操作方法，据说是在手机开机时抠掉电池所致。 刘大美叹气说："李沁玉心也真够狠的，去哪里连我也不透个风。"

宝清想起钱伴生的信阳之行，那天晚上他和李沁玉怎样散场的，他后来一直没问。 此时宝清也不敢跟钱伴生联系，如果冒昧去打听，李沁玉真去了苏州，等于坐实了这桩事情与自己有关，甚至自己就是始作俑者，不问倒落个心里坦然清静。 世间的事，烟云迷眼过，风雨浑不知，这样最好。

隐身

第三章

一

　　郑州城外西南五里许，唐代建有夕阳楼，为唐宋八大名楼之一。晚唐诗人李商隐登临夕阳楼留下诗篇："欲问孤鸿向何处，不知身世自悠悠。"清初诗人王世祯曾有诗云："仆射陂头疏雨歇，夕阳山映夕阳楼。"此楼民国年间毁于抗战烽火，遗迹难寻。20世纪末，郑州取史料记载的样貌和古诗表达的意境，在原址重建夕阳楼。建成后的夕阳楼雕梁画栋，斗拱飞檐，楼下四层投入商用，就是今天淮河路上的郑州古玩城。

　　宝清在古玩城盘下一间小店，挂牌"东方钱币社"。 一、二楼人流量大，是经营瓷器、玉器和书画的旺铺，没人对外转租，他索性在四楼寻个僻静处，小店只有十平方米，摆两组玻璃柜台，一套茶桌，外加一只保险柜。 他的卖品不多，只有两百多枚银币，还有一百多枚自己的藏品，白天把它们摆在柜台里。 傍晚回家前，收起来锁进保险柜。 古玩城里遍布监控，倒也安全。 没人的时候，就静静地喝茶，看几本钱币类的闲书。 他给申老师打电话，说自己已在郑州安顿好，开了间钱币店。 申老师说，开店做买卖并非易事，你记住两句话，君子不立于危墙之下，买货时不要有赌博心理，不赚自己认知以外的钱。 宝清连声称是。 申老师又说，不能拧干毛巾里的每一滴水，卖货时要给别人留点利润空间，这样自己才好走路。 宝清说，他一定谨记于心。 他知道申老师的话都有些特别的深意，虽然往往过后才能领悟。

玩钱币的潮流变了，有些旅居美国的泉友，把中国老银币送到美国钱币评级公司评级，银币被封装进特制的透明评级盒，标注不同等次的分数，供买家判定银币的品相，称为"评级币"。 钱币送评的过程，称为"留洋"。 评级币在钱币社区拍卖,同样的品种因为有评级公司的分数加持,拍卖价格高出三五倍。 许多人嗤之以鼻,说中国钱币为什么让美国人评? 有人答,中国学生为什么要去美国读哈佛、耶鲁、斯坦福? 钱币评级就相当于中国钱币获得了一张美国文凭。 老一代藏家拥有鉴定钱币真伪的眼力,觉得买评级币多花冤枉钱,坚持玩裸币。 新入行的年轻人则喜欢评级币,玩裸币如同闭眼睛游泳,心里没底,而钱币进了美国的评级盒,就有了真品的保证,也省去交易时为真伪扯皮的麻烦。 时代的风向总是由年轻人引领的,慢慢地,评级币就占了上风。

这天,宝清正在钱币社区网站上浏览评级币,学习美国评级师给分的标准,是新时代币商的必修课。 有一个人匆匆走进店里,只看了眼他的侧影,就喊道:"宝清,可算找到你了!"宝清在郑州没什么朋友,古玩城的同行都喜欢叫他的网名"东方欲晓",扭脸一看,竟是左雪樵。 他戴顶灰色鸭舌帽,络腮胡比以前稀疏了许多,人显得更加瘦削。 宝清头脑一时反应不过来,自从李沁玉失踪以后,他潜意识里总想躲着左雪樵,甚至想到他，心里就有点发虚。 他看见左雪樵脸上没有严峻之色，而且两眼放光，有种掩饰不住的兴奋，心神才慢慢松弛一些。"左老板，你怎么来了？"宝清起身给他让座、倒茶。 左雪樵将帽子摘下往茶桌上一扔，朝门外看了看，转身迅速把玻璃门掩上，然后一把掐住宝清的胳膊，说："我接了个大活，你帮我演个双簧，有钱挣！"宝清看了看他的手，说："你坐，喝茶。"左雪樵松开手，心思却完全不在茶上，看都没看一眼，端起茶盏仰脖猛灌了一口，烫得直伸舌头。 宝清想笑，左雪樵却不以为意，心急火燎地说："我跟两个山西人谈妥了一桩生意，他们要买一批古钱，我说我认识郑州古玩城的大币商，把他引到你这儿来，你跟他们交易，给我抽佣金。"宝清心里微微一动，佣金是拍卖公司收取中介费的用语，左雪樵竟拽起了这个文词。 他有点半信半疑，淡淡地问："他们要买什么钱币？"左雪樵手一挥，满不在乎地说："随便整些垃圾，只要是真币就行，他们也不懂价格，楚国鬼脸、燕国明刀、秦半两、汉五铢……"宝清听了有点不痛快，耐着性子问："对方要这些普通古钱做什么？"左雪樵眼睛转了转，说："据说他们以前是挖矿的，家里有钱，想搞个博物馆，你把几元、几十元一枚的古钱给他们凑个几百枚。"宝清心里明白了，现在有许多地方的小型博物馆，将展品整体发包给古玩商配货，导致摆出来的展品全是最低等的普品，一堆古玩市场没人要的破烂货，所谓的藏品甚至还没展柜值钱。

宝清冷冷地问："他们要买多少钱的东西？"左雪樵嘿嘿一笑，伸出三个手指头，说："三十万，算桩大活吧？"宝清想了想，三十万买这些低等古钱，不得买一麻袋呀，就问："佣金你要多少？"左雪樵看着宝清，半天没说话，像是猜测宝清的心思。现在古玩行的规矩，经中间人牵线交易成功，卖家都会私下给中间人茶水费，一般为成交价的百分之五。像是思忖了许久，又像是早有主意，左雪樵低声说："给我二十八万，剩下两万交给你备货，多少你也可以挣个万儿八千的吧！"宝清听罢气不打一处来，此事如果为实，这种勾当和诈骗有何异？如果为虚，则是拿自己打镲，左雪樵果然折腾不出什么好事情。他站起来拉开玻璃门，云淡风轻地说："左老板，鄙店小本经营，真吞不下这样的大生意，您另找高人合作吧。"左雪樵愣住了，吃惊地看着他，脸上浮出不可思议的表情，说："宝清，你嫌钱烫手吗？ 山西人中午就到郑州……"宝清摆摆手，再不说话。

左雪樵微微一笑，像是揣摩透了宝清的心思，从怀里掏出一个圆形水晶钱币盒递过来，宝清瞬间震惊了，水晶盒里装着一枚黑漆古包浆的老银币，大约揣在最内侧的兜里，币盒还带着左雪樵的体温。 那是一枚手工打制的苏区银币，由于红军造币厂没有车床和冲压机，压制币坯时双面图文均有轻微移位，但宝清还是一眼认出了上面的钱文："鄂豫皖省苏维埃政府壹圆，工农银行 1932 年造"，背面是"全世界无产阶级联合起来啊"。 宝清从未见过此币实物，只在董文超主编的《中国历代金银货币通览·近代金银币章卷》见过照片。他曾跟申老师聊起过这种铸造于信阳商城县的"鄂豫皖"银币，感叹这是信阳乃至河南为中国近代铸币贡献的唯一杰作，可惜流通时间短暂，存世量极其稀少，申老师也只闻其名，未见其物。 宝清几次想去商城县民间寻访这枚币的踪迹，但经过了解才知，1932 年的商城红军造币厂厂址新中国成立后划归安徽省金寨县管理，那边山高路远，自己又不会"铲地皮"，只得怏怏作罢。但人过有影，鸟过留声，他相信在信阳民间一定有这枚币的实物遗存，只是不知它萍踪何处。宝清到郑州开店以后，几次去河南博物院参观钱币展藏，发现河南博物院钱币品类甚丰，却唯独缺少这枚豫南地区铸造的苏区银币。宝清按捺住内心的激动，反复摩挲着那个水晶币盒，连上面左雪樵的体温都让他无比嫉妒，如同美人刚在他人怀里惨遭蹂躏。

宝清想起弘一法师说过，念念不忘，必有回响。现在这枚传说中的大珍银币终于来到自己眼前，而自己必须镇定、冷淡一些，不能急躁地流露出想购买的心机，就随口问道："多少钱出？"话一出口他就后悔了，以左雪樵的狡猾性格，这么珍稀的东西绝对不会轻易出手的。果然左雪樵轻微一笑，伸手稳稳地拿回钱币，说："不出！我玩一辈子钱币，总得留个像样的东西。"宝清故作平静地说："没有不卖的东西，只有不卖的行情。"

左雪樵离去以后，宝清发现他的鸭舌帽忘在茶桌上。 宝清看着帽子入神,左雪樵没有戴帽子的习惯,人可能在想干坏事的时候都会伪装自己。 这么说来,左雪樵貌似粗莽之人,其实也有敏感之心。

二

城市饮食习惯的差别在于早餐,刘大美在信阳喜欢吃热干面,而郑州人像是对热干面存有某种误解,配料都差不多,面条却比信阳的粗一圈。 刘大美无奈地说,这是拉面,加点芝麻酱和葱花的拉面,完全无法下咽。 她尝试过路边许多卖热干面的早餐店,无一例外都是粗面,如同全城用的是同一台面条机。 宝清说:"我们得学着适应郑州的胡辣汤。"刘大美说:"胡辣汤味道还行,但适合偶尔喝一次,天天喝受不了啊!"

当然郑州也不是一无是处,显著的优点就是冬季有城市供暖,刘大美怕冷,适了室内的暖气,觉得信阳又没法待了。 他们买的房子在东风渠畔,渠水两岸有绿树掩映的人行步道,小区的名字叫"银堤漫步"。 宝清一眼就相中了，买房如买币，弱水三千，只取一瓢饮，他觉得难得小区的名字有个"银"字，自己是玩银币的，这儿就是命中福地。

刘大美在中原演艺集团是个边缘舞蹈演员，参与排练一些集体舞蹈，很难有独自登台表演的机会。她有点不甘心，跟着省朗诵学会的老师一起学习朗诵，起码可以参加一些小型的演出。幸好有唱歌的底子，老师说她肺活量还可以，只需重新学习发音技巧。刘大美天天在家里对着话筒朗诵舒婷的《致橡树》："你有你的铜枝铁干，像刀、像剑、也像戟。我有我红硕的花朵，像沉重的叹息，又像英勇的火炬。"吵得邻居几次来敲门质问："你们搞什么鬼？还让不让人睡觉？"没办法，刘大美只得关闭音箱，用打印纸卷成一个话筒，压低声音练习，听上去像电池电量不足的录音机在播放磁带，声音又软又颤。宝清说："别练了，大不了我养你。"刘大美白了他一眼，讥讽说："你能挣几个钱？当我是小三吗？"宝清就没词了，他挣了钱不敢说，还要买更加珍稀的钱币，不然非被刘大美划拉去不可。收藏如登山，群山绵延，重峦叠嶂，翻越一重又一重。

刘大美经常说："你知道怎么玩钱币吗？要把它当作赚钱的工具，当作发财的利器，而不是沉溺其中，不然还不如不玩了。"宝清说："如果不玩钱币，还不如说让我放弃生活，因为那样的话一切都不重要了。"刘大美说："你是个疯子。"

看媒体报道，外国植物入侵中国，都会野蛮生长，比如河塘里的水葫芦和田间地头的紫茎泽兰。银币也是如此，中国老银币经美国评级公司评级以后，带着评级盒回流回来，像入侵植物一样迅速占领市场，价格也野蛮生长。一枚市价三千元的造币总厂银币，如果被美国 P 公司评为极美品 45 分，值两万元；如果被评为完全未使用 63 分，则暴涨至二十万元。每个银币品类的评级数量在 P 公司的网站上可以公开查询，成交价也实时更新。这时诞生了一批只玩评级币的玩家，他们不是"玩"，而是"炒"，追求换手率，像炒股票似的炒作评级币。

有个白净斯文的年轻人到东方钱币社逛了几次，看宝清的卖品和藏品，问它们有何区别。宝清说卖品是投资，藏品是收藏。年轻人又问投资和收藏有何区别。宝清说买别人喜欢的东西叫投资，买自己喜欢的东西叫收藏。年轻人心有所悟，赞叹不已。宝清又说，不过二者殊途同归，皆为赚钱嘛。年轻人说自己以前买过邮票，把握不住行情涨跌，折了本。宝清说，送你一条锦囊妙计，做出与你的判断相反的决定。你想买时，你就卖。你想卖时，你就买。因为按照以往的思路，你一直输，所以只有转换思路，你才能赢。年轻人听得嘿嘿直笑。

隔日再来，年轻人向宝清请教，怎样才能学会钱币真伪鉴定。宝清说，先得学会鉴定"茅五剑"。年轻人不解其意，说他对鉴定"茅五剑"不感兴趣。宝清说，"茅五剑"是个门槛，通过它们来考察眼力功夫，茅台、五粮液、剑南春这些当代事物的真伪鉴定如果学不会，鉴定古代的东西根本无从谈起，晓得吧？年轻人恍然大悟般地连连点头，深以为然。

这天，年轻人拎来两瓶茅台酒，要拜宝清为师。

年轻人是郑州第二砂轮厂的子弟，宝清给他起了个网名"郑二砂"。年轻人说："这个名字有点怪怪的。"宝清说："名字里面有自己的身份标记，更能赢得陌生泉友的信任。"年轻人沉默不语。 宝清又说："我原来在东方红影剧院工作，所以叫东方欲晓，这也是对工作单位的一种情感认同，现在单位倒掉了，但这是另外一回事。"说到单位，年轻人脸上露出自豪之色，说："郑州第二砂轮厂的厂房是德国包豪斯建筑风格，我父亲常常以它为傲，说它是郑州工业老厂房里最具艺术性的建筑作品。"宝清笑着说："对嘛，多好的名字。 也是想让你明白，跟我学这行当，要守一条最根本的规矩，永远不能骗人。 如果在外做了歹事，别人找到郑州第二砂轮厂，就能找到你的根底。"年轻人连连点头，说："师父放心，绝不敢辱没师父名声。"

郑二砂在一家省会知名医院当医生，大约有些积蓄，每次到店里来喝茶聊天，临走时都要买一枚评级币，从不打空手。 如此几番，宝清就不卖了，让他去网上物色，自己帮其过眼。 郑二砂不解地说："哥，你卖给谁不是卖？"他拜师以后，就当时喊了声师父，之后见面仍然喊哥，像是叫习惯了不好改口。 宝清说："光买我的不是长久之事，要在市场上历练，慢慢学着单飞。"

郑二砂爱听宝清讲过去玩钱币的故事，当听说宝清从台湾买到一枚"贵州甲秀楼"，让给了自己的启蒙老师申国裔，郑二砂瞪大了眼睛，激动得直吞唾沫，说："哥，你知道那枚币现在值多少钱不？"宝清说："估计五十万吧。"郑二砂摇了摇头，说："哥，现在'甲秀楼'被大庄家控盘了，网上很难见到实物，五十万肯定买不到。"

宝清后来多次联系台湾的呼噜呼噜大师，想再寻觅一枚"甲秀楼"，呼噜呼噜大师口上答应，说托往来新加坡的币商朋友留意，东南亚一带经常流出贵州银币。刘若英在《后来》中唱道，有些人，一旦错过就不再。收藏尤是如此，失去一瞬可能就失去了永恒。盯了好几年，没有等到"甲秀楼"，却等来了一枚贵州汽车银币，呼噜呼噜大师在香港钱币交流会上给宝清打电话，说是一个德国币商带来一枚"汽车币"，包浆特别漂亮，典型的贵州特产，只是价格有点贵，问宝清有没有兴趣。宝清毫不犹豫地说要了，"甲秀楼"和"汽车币"被称为"贵州双璧"，分别是贵州两任国民政府主席谷正伦和周西成主持铸造的，他心仪已久。

郑二砂说："哥，你能不能带我去信阳见见申老师，他是我师公啊，也顺便观赏一下那枚'甲秀楼'。"宝清心有所动，近日他正有回去找申老师的念头，想请他出谋划策，拿下左雪樵手里的那枚"鄂豫皖"。

三

郑二砂到小区门口接宝清时，乘坐一辆吉普牧马人。开车的是个胖小伙，见到宝清就喊"师公"，把宝清叫愣了。郑二砂笑嘻嘻地说："哥，这是我的徒弟，叫郑三甲，他也想回去见见师祖。"宝清搞得摸不着头脑，心想郑二砂才拜师几天，本事没学会多少，倒先学会了收徒。郑二砂介绍说，胖小伙是他医院的同事，跟着他迷上了钱币。他们单位是三甲医院，所以给他起了个网名"郑三甲"，已经在钱币社区注册，免得他出去骗人。宝清笑得肚子疼，说："你们年轻人太好玩了。"郑三甲边开车边对宝清说："师公，我准备了六十万，师祖如果愿意出手'甲秀楼'，我就把它买下来，我名字里有个'甲'字，太适合买'甲秀楼'了，我相信它的身价还会大涨。"宝清说："刚开始玩儿，要循序渐进，高价砍精品，风险很大。"郑三甲满不在乎地说："师公，别想那么多，我发现玩钱币可以治疗抑郁症，以前每天上班下班，腻烦透顶，玩币以后心情好多了，我就喜欢脚踩西瓜皮，滑到哪里是哪里。"宝清微微一笑，说："你说以后会大涨，如果赌输了怎么办？"郑三甲说："无所谓的，赌赢了就会所嫩模，赌输了就下海干活。"郑二砂拦住他的话头，说："郑三甲，你这哪像个医生说的话。"郑三甲冲宝清挤挤眼睛，说："开玩笑的，玩币我会量力而行，有利弊之选，无存亡之虞，师公放心哈。"宝清在心里感叹，他俩虽然年纪轻，却敢想敢干，浑身锐气。 收藏界确实需要不断注入新鲜的血液，有新人进来，才有新的逻辑、新的价格、新的局面。

宝清说："我的老师申国裔先生，对银币行情无感，有点像你们医生说的无症状感染者，他不太关注价格涨跌，全心投入版别分析研究，当然就算行情下降，他也挣钱，只是挣多挣少的问题。"郑三甲点头说："行情的无症状感染者，哈哈，这个说法好，我还得好好修行。"郑二砂说："申老师这是大师风范。"

从郑州驱车到信阳，需要三个多小时。郑二砂说："哥，给我们讲讲申老师的故事吧，我一直很好奇，他在信阳那个小地方，怎么能研究透钱币，并且成为你的老师，太神奇了。"这话勾起了宝清心里的很多往事，申老师在信阳收藏圈是个特立独行的人物，周围的人只晓得他是纺织机械厂的退休职工，对他的过往经历却所知甚少。有时候别人问起来，申老师只呵呵一笑，手里盘弄着一块玉，并不作答。

有一次，在电报大楼聊天，谈起人生经历时，申老师笑着自嘲说："我这一辈子，工作时间满打满算加起来不足两年，真是无比愧对国家啊！"申老师年轻的时候害癫痫病，平时看着跟正常人无异，一旦发作就全身剧烈抽搐，口吐白沫，身体失去控制。有一回他路过一个水坑，刚好发病栽倒，跌进坑里，虽然他会游泳，也无济于事，淹至将死之际，幸亏被路人救起。家人四处求医，试了无数民间药方，找不到根治的办法，就出了一个下策，送他去部队当兵，希望得到军医的救治。 果然，去部队不到三个月，申老师的病情就发作了，无法正常训练，部队送他到武汉军区医院休养医治。 申老师说，这一治，就是两年多，直至复员回家。

问起在部队的见闻与收获，申老师说他整整读了两年书，天文地理、哲学宗教、历史文学无所不包，尤其是看到一本晚清收藏家赵汝珍著述的《古玩指南》，如同读到一本古玩圣经，读得天昏地暗，如痴如醉，从此喜欢上了收藏。 家人担心他找不到媳妇，托人说亲时将其病情隐瞒了。 哪知道，自打结婚以后，他的癫痫病再未复发过。 家人说是男女之事治愈了顽疾。 申老师心里明白，那是无稽之谈，还不如说年龄增长自然康复，最根本的还是得益于军区医院的治疗。 申老师说："我名叫申国裔，信阳古称申国，意思是申国的后裔，其实不然，我应该叫申国医，国家把我的病医好了。"

申老师复员后被安排进市纺织机械厂当工人，生产纺纱锭子，为全国各地的纺织厂提供配套产品。 有一天去食堂打饭，房顶掉下来半块瓦。 申老师说："上百号工人排着几溜长队，人挨人，人挤人，但不偏不倚，那半块瓦砸在了我的头顶。"虽然事故发生在食堂，但也算工伤。厂子送他去医院救治，然后回家休养，脑壳损伤恢复较慢，前后折腾了将近四年。

他重新回到厂里上班，不到两个月，有根弹簧卡在车床上，众人使用各种工具都取不下来。申老师说："我凑过去看了一眼，还是背着手的，想着观察一下原因，工作不能蛮干，遇到难题要智取，刚靠近车床，弹簧自己蹦了出来，弹中了我的左眼。"申老师四仰八叉地倒在地上，整个纺织机械厂都轰动了，工人们说从没见过申国裔这么背时的人，自己倒霉不说，也把厂子害惨了。送到医院，左眼球虽然保住了，但从此看不清东西。没等他出院，厂长就对人事科长说："给申国裔办病退吧，别让我再见到他。"

申老师没事情可干，去武汉故地重游，权当散心，他发现崇仁路收藏品市场一枚清代雍正通宝铜钱可以卖五元，而信阳电报大楼地摊只卖三元。他就从信阳往武汉倒腾雍正铜钱，从此走上了收藏之路。他对宝清说："玩收藏虽说是靠眼力吃饭，其实就是老天爷赏饭，眼力即天赋，我把你教会了，我的儿子却带不上路，他是一名出租车司机，每天干起早贪黑的营生。"

郑二砂听罢，感慨地说："申老师这何尝不是艺术人生啊！"

四

申老师面目苍老了许多，头发全白了，胡子没剃，眼神无力，当看清是宝清，死死攥住他的手，眼泪瞬间流了出来。宝清说："师父，我带着徒弟回来看您。"申老师说："宝清，宝清……"申老师在家没开灯，室内光线昏暗，等宝清按开灯，一眼看见墙上竟然挂着师娘的黑白相片。宝清狐疑地问："师娘？"申老师微笑着说："你师娘过世了。"虽然面带微笑，却在不停地抹泪。宝清心里一酸，颤声说："师娘，她身体很好的啊！"申老师轻叹道："你不太了解，她身子很弱。"郑二砂和郑三甲抱着带来的礼物，两箱剑南春，一只宰好的整羊，还有几包干果点心。宝清说："为啥没跟我说？怎么也要赶回来给师娘磕个头。"申老师轻轻摇了摇头。 郑三甲听了宝清的话，扑通一下跪在遗像前，说："我替师公给师祖母磕个头！"说着"嘭嘭嘭"磕了三下。 申老师连忙把他扶起来，这回笑得非常开心，说："小伙子快起来，还不认识呢，宝清的师娘若在天有灵，今天可高兴坏了。"

宝清介绍自己的徒弟叫郑二砂，郑二砂毕恭毕敬地喊道："师公。"郑二砂又介绍自己的徒弟叫郑三甲，郑三甲赶紧作揖说："师祖好！"宝清又说两个人都是医生，还有他们名字的来历。 申老师听了连连点头，说："好，好啊！"他从冰箱里拿出茶叶盒，郑二砂赶忙接过去，找杯子泡茶。 申老师坐沙发上看看郑二砂，又看看郑三甲，开玩笑似的说："东方欲晓，你已经到郑州了，不如重新开始，改名叫郑一亿算了，一心一意玩钱币嘛，这样你们三个名字就顺当了。"郑三甲拍掌叫好，说："郑一亿，这个名字好，我们要挣他一个亿！"宝清面有难色，说："这太夸张了吧！"郑二砂说："东方欲晓这四个字就是一笔财富，有极高的信誉价值。"申老师摆摆手，说："玩笑话，玩笑话。"

郑二砂沏好茶，冲郑三甲使了个眼色，郑三甲说：

"你们喝茶，我下楼一趟。"聊起近来的钱币行情，在经济刺激政策的影响之下，各路钱币价格飙升，一币一价，一日一价，新涌入的玩家都像醉酒的赌徒，经常为购买一枚币，豪掷溢价数万元。他们的口头禅是：不要说东西贵，你不是缺钱，而是缺少一颗雄图霸业的心。还有一帮土豪，只炒作军阀币，他们把军阀币的买卖交易称为"军阀大战"，见面就问一句流行语：你参与军阀大战没？

申老师听得长叹一声，说："雄图霸业？现在是英雄，恐怕早晚成狗熊。我手里的币是没有成本的，以藏养藏，你们说的情况不是在玩币，而是在拼命，这很不好。月有盈亏，物极必反，收藏自古有涨就有跌，价格如果真的涨了几番，你们要及时出货，存住现金，静待行情下跌的机会。"郑二砂问道："师公，行情如果下跌，我们该买什么样的东西？"申老师说："买向下空间小，向上空间大的东西，一说某个品种最近涨了，千万不要再买，说明上涨空间已经没有了。"郑二砂似懂非懂地点点头。

说到"军阀大战"，申老师也不以为然。他说：

"军阀大战发生在民国初年，当时虽然混战了十余年，可打过之后就再不打了，它只发生一次，你有限的资金如果在军阀大战中被套牢了怎么办？以后不打了，你的币怎么出？"这回郑二砂真的听懂了，冲申老师连连竖大拇指，说："师公，我明白了。"申老师喝口茶，又说："收藏这行当，全在个人的修为，再好的草山都有瘦牛，你跟着宝清好好学就没错，他做事谨慎，又别具眼光，就算发不了横财，但绝对不至于当头瘦牛。"

这时，郑三甲拎着几个饭盒上来，大大咧咧地说："我在楼下逛悠，看到个清真餐馆，就搞了几个菜上来，中午在家里吃饭吧。"申老师站起来说："这情何以堪啊，我正想着请你们去街上吃信阳菜。"宝清说："在家里热闹。"郑二砂说："师公，郑州的信阳菜馆遍地都是，差不多有两千家。"申老师忙去收拾餐桌，上面堆着钱币书、放大镜，还有一杆黄铜秤，大约称钱币重量用的。收拾停当，申老师从卧室拿出一瓶鸡公山白酒，说："今儿个高兴，你师娘过世以后，我还没喝过酒，今天咱们好好喝几杯。"郑二砂像是想起了什么，倒满一盅酒，端到师婆相片前，轻轻洒在地上，然后鞠躬说道："晚辈给师婆敬杯酒。"申老师啧啧称叹，说："宝清，你的弟子真行，比我儿子都强。"

郑三甲买了几样卤菜，卤牛肉、卤羊蹄、卤鸡腿、卤鸭脖、卤豆腐皮，还有黄瓜段和咸鸭蛋。酒过三巡，宝清想到郑三甲此行的心愿，问道："申老师，那枚贵州'甲秀楼'还在不在？他俩都没见过，来的时候说想开开眼。"申老师把筷子一放，脸色立刻有点发灰，叹口气说："出掉了，你师娘过世的时候，买墓地需要几万块钱，匆匆忙忙的，也没跟你说。"宝清看了看郑三甲，他好像并不太失望，冲宝清轻轻摇了摇头，意思是不要再提他想买的事。宝清说："此币用在给师娘买墓地上，我甚感安慰。"申老师说："唉，我事后想起，也挺后悔，都怪当时心乱如麻，做了糊涂事。"

宝清问："卖给谁了？"申老师看了看宝清，说："淮河饭店的傻子，他拿来十万，我留九万，返了他一万。"宝清忍不住长叹一声，说："傻子一点也不傻啊，我还卖过他'军阀七币'，仅那七枚币，因为这场'军阀大战'，他至少可以赚三百万。"申老师感叹道："是啊，傻人有傻福，倒腾一辈子，不如收藏一柜子，他是文庙古玩城的大赢家，却被人称为傻子，世人多么可笑。"郑三甲插嘴说："玩收藏，的确是傻人有傻福，不过傻逼没有。"郑二砂瞪了他一眼，郑三甲连忙做捂嘴状。

四人聊着天，申老师杯中的二两酒不知不觉已经喝尽，郑二砂龇牙咧嘴地才喝了一半，脸也红了。郑三甲要开车，没有端杯。宝清又给申老师倒酒的时候，发现申老师没看也没拦，喝酒的风度丝毫不减当年，宝清倒了大约一两，说："控制一下量，就这些吧。"申老师说："今儿高兴，没关系的。"

宝清说："申老师，我回来还有件事拜托您，听说左雪樵手里有枚'鄂豫皖'，您帮我盯一下，我很想要。"申老师眉梢一挑，说："全文庙的人都知道这枚币，不过谁也没见过，他说本地人买不起，也没有看的份儿，声称要卖给外地大玩家。"宝清百思不解，说："这种行事风格，从道理上讲不通啊，他想干什么？"申老师摇着头说："手捏一枚币，一万个心眼子，谁能说清楚他的事？"

吃完饭已是下午两点多钟，郑二砂和郑三甲准备返回郑州，宝清要去父母家住一晚。申老师说："应该，你很少回来，要多陪陪家里老人。你师娘不在了，我不想再住这儿，免得睹物思人，想回乡下老宅去，宅子里还有一棵五六百年的银杏树，我的人生剩余时间不多了，与那棵古树为伴，安度晚年吧。"宝清有点伤感起来，说："您多保重，我会再回来看您。"

临分别时，申老师又叫住他，从卧室里抱出两捆宣纸拓片，说："宝清，所有钱币过手，只是暂时拥有，终究会成为过眼云烟，要养成制作钱币拓片的习惯。民国时期燕京大学有个名叫黄鹏霄的教授，利用在故宫兼职的机会，将故宫所藏各种样钱和母钱都制成拓片，于1937年出版了《故宫清钱谱》。这本书我平时日日研读，非常喜欢。这是我收藏的三千多枚钱币的拓片，我不会拍照，也不懂操作电脑，想请你有时间整理成一本书，使我这些年对钱币版别的认识与发现得以保存和流传，书名就叫《国裔藏泉》。"郑二砂击掌叫好，说："哇，师公这个想法太棒了！"

郑三甲说："师祖，现在流行钱币评级，都玩 P 公司的盒子币。"申老师像是早已熟知这种倾向，不以为然地说:"所以我才想编这本书,以后中国钱币都封进了美国塑料盒子,再也无法做实物拓片了,只能隔着盒子拍照。你们记住,P盒再好,也只是一种好看的皮囊,而我们玩的,永远是钱币本身,可不要本末倒置、买椟还珠啊。"郑三甲说:"我错了,该打嘴。"郑二砂鄙夷地说:"你应该叫郑三思,三思而后语。"申老师笑而不语,轻轻摇了摇头。

宝清说:"我最近才读到一本日本收藏家秋友晃的小书,他喜欢中国钱币,自称'龙痴',书名叫《龙痴藏拓集》。"申老师略作沉吟说:"我看过,有点单薄,老外研究中国钱币,比较扎实的当数奥地利收藏家耿爱德的著作《中国造币史》《中国货币论》和《中国币图说汇考》。"宝清点点头,说:"我相信《国裔藏泉》也会是一本启迪后学的好书。"

申老师说:"人生一世,草木一秋,我这一辈子虽结庐小城,却通过读书观物,几乎生活在民国一代钱币收藏家方药雨、李伟先、施嘉干、张叔驯、罗伯昭、马定祥的钱币世界里,方圆乾坤里,多少使人迷,想来也很知足。这本书包含了我的全部生活,也是我的生命价值之所在，托付给你了。"

宝清将两捆拓片抱在怀里，胸中顿有一种使命感，说："师傅放心，我一定把它编好。"

郑三甲笑嘻嘻地说："我觉得不能轻易给外人看，当作我们修炼的武功秘籍。"

五

郑二砂和郑三甲大约买了三百万元的评级币，普通品种有大清宣三、造币总厂、船洋、大小头，中档品种有江南、吉林、安徽主币，精品钱币有孙中山三帆、袁世凯飞龙、黎元洪戴帽。最好的是一枚 P 公司评级 58 分的湖北双龙壹两，美国钱币学会（ANS）的馆藏复品，评级标签上注明"ANS Museum Duplicate，Acquisition date 1937"（美国钱币学会复品，取得日期 1937 年），宝清委托广州币商朋友从香港拍回来的，花了一百万，两人合伙各掏了五十万。据说两人都不愿把币长期放在对方手里，每人轮着玩一周。郑二砂说："我天天随身揣在兜里，没事就掏出来看一看。"郑三甲说："我睡觉时都放在床头，半夜醒来撒尿也要看一看。"

宝清听得想笑，这情形跟他刚玩钱币时一模一样。现在他的床头，也时时放着一枚中华民国十二年造壹圆，据说图案曾由鲁迅先生参与设计，立龙与华虫精美绝伦，华虫本是雉鸡，多用作冕服上的画饰，鲁迅先生设计的寓意是象征文采华丽，却被世人误认为是凤，这枚币以讹传讹，被称为"龙凤壹圆"，寓意演变成了龙凤呈祥。宝清的这个习惯，直接导致刘大美每次换床单都小心翼翼，如履薄冰，生怕把他的钱币抖落于地磕坏了。西周时期姬奭说，玩人丧德，玩物丧志。明末清初张岱说，人无癖，不可与交，以其无深情也。姬奭的话令人心惊，宝清觉得玩钱币其实就是一种癖好，推物及人，如果对外物尚且无情，更不可能对人深情了，这样想来内心稍感宽慰。南宋词人辛弃疾说，醉里挑灯看剑，宝清则喜欢醉里挑灯看币。一桌案、一盏茶、一本书、一枚币，读书是纸醉，玩币是金迷，宝清把这种日子称为纸醉金迷的生活。

苏州有场钱币交流会，郑二砂和郑三甲说想去搬砖。宝清初听不知何意，后来才搞明白几十枚、上百枚评级币码放在一起，像建筑工地的砖垛，网络上把倒腾评级币叫"新时代搬砖"，这种自嘲意在暗示买家自己利润微薄。他俩通过调班凑出两天时间，想邀请宝清同去。郑二砂说："哥，我们去尝尝地道的苏州菜。"郑三甲说："师公，晚上我请您看苏州评弹。"宝清说："你们去吧，近日编申老师的《国裔藏泉》，感觉有点疲累，不想折腾。"宝清心里的想法，没法跟他俩明说。一则初入行时，他以"东方欲晓"的名字在钱币社区发布了许多帖子，分享关于钱币版别的发现与见解，博得了一些名气，全国各地的泉友见面都尊他为前辈或老师；而相对于名气，他的钱币货品有点不相称，一直是以藏养藏、低调内敛的玩法，缺少当今大币商豪气干云、威震八方的派头，所以他不太想抛头露面，更愿意隐身。二则他对苏州这个地方有点顾虑，想起过去种种，他担心碰见李沁玉。苏州币商钱伴生去了趟信阳，自己喊李沁玉作陪，然后李沁玉就消失了，此后两人都再未和他联系，像是心有灵犀，又像是讳莫如深。 他内心总是觉得这桩纠葛与自己有关，李沁玉如果仍然涉足收藏圈，极有可能人在苏州。 往事随风去了，那么不如就此别过。 或者说往事沉睡已久，没有必要再去惊扰唤醒。

宝清说："你俩可共用一个摊位，把钱币摆放整齐，长方形或者正方形，不要留豁口，以免币少了不易察觉。"郑二砂说："这些您都教过我。"郑三甲点点头说："哈，师父也教过我。"宝清又说："出去吃饭时行李箱要随身带着，不要放在酒店房间。"郑三甲看了看郑二砂，说："这个简单，我负责拎包。"宝清再说："买别人的钱币不要冲动，先发图给我过眼。"郑二砂看了郑三甲，说："我们都记住了。"

这两天宝清正为一枚钱币所困，他在北京诚轩拍卖公司的拍卖图录上看到一枚奇怪的银币，吉林无纪年壹圆。 吉林铸币有个铁打的逻辑，吉林的"吉"字，如果写成"土吉"，"宝"字必然写成"缶寶"；如果写成"士吉"，"宝"字则必然写成"尔寶"。 图录上这枚吉林无纪年银币，却是"士吉缶寶"。 他翻遍上百册近现代钱币书籍图谱，检索各大钱币网站，都没发现这个颠覆性款式的存在。他很难想象，如果民国一代的钱币收藏家们在世，看到这枚独特的钱币，会作出怎样一个评判，会不会惊喜万分，如获至宝？但这事他不敢在网上说出来，也没法跟熟知的高手泉友交流。说浅了别人不懂，说深了怕引起别人的注意，携重金来砍，自己就拍不成了。他相信这枚特别的银币极容易被参拍的玩家忽略，拍卖会上的土豪玩家大多注重钱币的品种和品相，对稀见款式往往所知寥寥。而拍卖图录上也没标注它的款式，说明拍卖公司和送拍人都没有发现此币的特殊之处。

当然还有一种可能，这枚币曾有戳记被修补过，修补的就是"宝"字，修补师傅犯了个错误，将理应的"尔寶"误修成了"缶寶"，可是图录上的钱币包浆均匀，银色一致，很难通过纸质照片来鉴定修补。况且，钱庄的戳记打在字上面的情形比较少见，一般会选择避开钱文，打在空白之处。如果把修补师傅的无心之错，当作钱币珍品，岂不弄巧成拙，太过荒唐。当人专注于某一项事情，总是如此孤独。宝清躺在床上，将图录看了一遍又一遍，困倦不已，才昏昏入睡。

刚睡着，郑二砂打来电话，说："哥，你睡了没，有件事情跟你说一说。"听到他的语气有点异样，宝清从床上坐起来，问："什么事？"郑二砂说："这次交流会设在姑苏大酒店的会议室，人很多，挤得水泄不通。我跟郑三甲来得晚，好位置被人挑完了，我们的摊位在靠角落的一张桌子，但仍然有很多人来看我们的币。下午一个苏州本地老头带来一枚值二十多万的甘肃党徽壹圆裸币，他可能多年没有参加过交流会，不太懂行情，报价一万元。有两个人一齐看到，都争着要买，互不相让，就动了手……"宝清已听出暗含某种不妙，连声问："然后呢？"郑二砂说："他们在过道上厮打，一个人鼻子被打出了血，另一个衣服袖子被扯掉了……"宝清预感到要出事，厉声喊道："下笔千言，离题万里，你说重点！"

郑二砂像被吓住了，顿了顿，然后低声说："我跟郑三甲没有去围观，只扭头看了一眼，前后还不到几秒钟。"宝清心如鼓擂，说："你到底想说什么？"郑二砂声音更低了，说："等，等我俩回过神来，丢了一枚币。"等的就是这个，完全应验了宝清的不祥预感。年轻人不知江湖凶险，交流会上只要有人搞事情，多半都是为某个行动打掩护，醉翁之意不在酒。宝清气得不知说什么好，说："丢的是哪个？"郑二砂脆声说："湖北双龙。"宝清大骂道："去你妈的，饭桶！"然后把手机摔了。

第二天傍晚，郑三甲在郑州古玩城旁边的豫园订了个雅座，小心翼翼地给宝清打电话，说和师父刚从苏州回来，请师公拨冗一聚，万望消消气。宝清想到昨天痛骂郑二砂有点过分，也挺后悔，就答应了。出门时他带上了一瓶茅台酒，还是郑二砂拜师时送的，一直没舍得喝。

宝清走进豫园，郑二砂正在沏茶，看到宝清进来，低垂着眼，脸色僵硬，好像也气得不轻。郑三甲一副没心没肺的样子，脸上还在乐，也不知是真乐还是傻乐。宝清把茅台酒放到桌上，郑三甲连忙拿起来，像看钱币似的观赏，说："哇，师公的好酒！"郑二砂阴沉的脸慢慢活泛起来，把一杯碧螺春端到宝清面前。

宝清掏出烟来，慢腾腾点上一支，问道："你们这次去苏州，有计划要卖那枚湖北双龙吗？"郑二砂和郑三甲相视一眼，郑二砂说："美国钱币学会的旧藏，可遇不可求，我们没打算卖。"宝清一听就想发火，说："没打算卖，为何要带着？"郑二砂用手一指郑三甲，说："我说不让带，他非要带着，说可以吸引人气，还不是为了显摆！"郑三甲连连冲郑二砂作揖，笑着说："怨我，确实怨我。"宝清摆了摆手。

　　热菜上桌，汴京烤鸭、鲤鱼焙面、葱烧海参、牡丹燕菜，还有难得一见的传统名菜"套四宝"。郑三甲拧开茅台酒，用分酒器给每人倒了一壶，边倒边赞叹说："哇，茅香四溢，好酒！"三人共同举杯，郑二砂平时喝酒比较谨慎，这次也仰脖一饮而尽，连喝三杯都没眨眼。宝清问："交流会上打架的事，发生在什么时候？"郑二砂说："傍晚六点多，快收摊了。"宝清点点头，说："看到没，卡这个时间点，警察刚下班，说不定酒店的保安也正在交班。"郑三甲笑着说："我们没报警，事情传出来会成为钱币圈的笑柄，给师公丢脸啊！"宝清又问："现场的监控是不是也照不到你们的摊位？"郑三甲连连点头，说："是的，师公猜对了，我们刚好在会场的死角，是监控盲区。"宝清长叹一声，说："以前买钱币,用现金交易,是有感消费,现在是电子转账,属于无感消费,好像钱就是数字,不值钱了,但不管怎么说,一百万是笔大钱啊。"

郑二砂镇静地说："哥,没事。"郑三甲笑眯眯地说："师公,真没事,我和师父痛定思痛,把我们的货全出给了苏州的币商,算下来回本二百五十万,也就是说,这一拨生意下来,我们合共赔了五十万。"宝清想了想说："我出十万吧,你俩各分担二十万,权当买个教训。"郑二砂一急,伸手将面前的酒杯碰翻了,高声说："绝对不可以!"郑三甲说："对,没有这个理。"

看着杯中的碧螺春,宝清若有所思地说："你们心态挺好,出这档子事,还有心情在苏州买茶,今后打算怎么办?"郑三甲斟满一杯酒,恭恭敬敬地端到宝清面前,说："只要师公帮我们过眼,我们有信心重新开始,重新崛起。"宝清心里微微一暖,说："这当然没问题,人生在世,遇到一些挫折和打击很正常,难得的就是有重新再来的勇气,人只要有心气儿在,就能重整山河。问题是我痛惜那枚湖北双龙,它是我给你们物色的至上之品,身上流淌着美国钱币学会馆藏的迷人血统,原本传承有序，可能就此湮没于人海，成了过眼云烟。"

郑三甲不解地问："为什么？"

郑二砂怒道："你脑子是不是有病？ 莫非你偷了人家东西还敢再拿出来招摇过市，显摆到底？"

六

左雪樵怎么都预料不到，他会被人闷了一记黑砖。

一个陌生人打他的电话，自称听说他有枚"鄂豫皖"，想一睹真容。 左雪樵说，诚意买才可以看。 对方说，绝对有诚意，多少钱出？ 左雪樵说，一口价，五十万。 对方问，怎么交易？ 左雪樵说，他在文庙古玩城有店铺，叫"玲珑坊"。 对方说，帮领导办事，想低调点儿，不想去文庙。 一听说帮领导办事，左雪樵就此放松了警惕，他平日就眼羡麒麟阁的边子麒擅长和上层人物打交道，每单生意都堪称"杀肥"。 对方又说："你可以找酒店开个房间，我们带着现金，当面交易。"

左雪樵问："你们？"对方说："我们是两个人，替人办事，两个人比较保险。"左雪樵说："好，我们也是两个人。"

左雪樵作了周密安排，在龙潭大酒店开了两间钟点房，都选在电梯口。 他给买家说的房间号是 201，而自己却在 301，让麻四守在 201 等候。 他交代麻四，一定要亲眼看到买家包里带着现钞，才能将其带到 301。 周末的时候，麻四经常跑到玲珑坊门前空地上摆摊，收黄金首饰，对左雪樵的话俯首帖耳，如同个小跟班。 麻四脖子一挺，说："没问题，我不见兔子不撒鹰，不见现金绝不让他们上去见您。"

买方如约而来，一胖一瘦两个男子，拎个鼓鼓囊囊的牛皮包。 他们以为麻四就是货主，提出要先看币。麻四懒洋洋地说："宝主在另外一个房间，先让我看看现金，再带你们去见他。"胖子拉开牛皮包拉链，露出几沓百元大钞。 麻四想伸手去翻动，被瘦子拦住了，说："不带这样玩啊，我们既没见到币，也没见到人。"麻四点了点头，朝楼上指了指，说："宝主在 301，你们去吧。"

两个买主敲开 301 的房门，见到左雪樵。 瘦子说：

"币款 201 那位已经验过了，我们要看币。"左雪樵瞅了瞅胖子手里的牛皮包，拉链仍然敞着口，露出鼓腾腾的百元大钞，就转身从床头的电话机下面拿出那枚"鄂豫皖"。 瘦子接过去，"鄂豫皖"装在一个圆形水晶钱币盒里，保护得极好，他正反两面都看了看，然后冲胖子点点头。 胖子从牛皮包里往外掏钱，瘦子给左雪樵递来一支烟，用打火机打着火，笑眯眯地说，左老板，合作愉快。 左雪樵伸头点烟，刚吸了一口，胖子从牛皮包的现钞下面竟然摸出一块砖头，猛地砸向他的后脑壳。

时间静止了，天地一片黑暗、死寂。

申老师给宝清打电话说："两个凶手都没跑脱。"麻四感觉楼上动静不对，跑上去一看，房门大开，买家不见踪影，左雪樵倒在地上，地毯和床单上全是血，他立即拨打 110 报警。 这种重大凶案，警方破案神速，很快人赃俱获。 警方请市收藏协会鉴定那枚"鄂豫皖"，申老师是鉴定组成员之一。"万万没想到，那枚所谓的'鄂豫皖'竟然是假币，地摊级低劣仿品。"申老师说，"左雪樵用假币作诱饵，本想钓大鱼，没想到钓来两条毒蛇，害人害己，真是只有邪恶才能惩治邪恶。"

宝清心里五味杂陈，左雪樵一辈子特别能翻筋，原本寻常的事情，他都能折腾出花来，这也算咎由自取。他问申老师："左雪樵现在什么地方？"申老师说："在市中心医院，听说麻四还在警局押着，估计是录证词。"

放下电话，宝清感觉现在应该是去找左雪樵的时机。他平时善言不入耳，若买他的钱币，必然反复无常，像个蚂蚱左右横跳，辗转腾挪。但宝清能理解他，他像是有性格缺陷，而正是有这种性格缺陷的人的存在，世界才有了包容。左雪樵现在遭此意外重创，说不定能听进去几句好话。主意打定，宝清立即动身出发，启程回信阳。

在市中心医院的外科病房，宝清很容易就找到了左雪樵。一说头部外伤病人，护士站的人全知道。宝清没有带礼物，他了解左雪樵的性格，狡猾而务实，根本不吃这些虚礼。走进病房，里面摆有三张病床，中间的床上有个头缠绷带的男子，脸上长着络腮胡，正半靠着睡觉，头顶的吊瓶在输液。宝清轻声喊道："左老板。"

左雪樵睁开眼睛，愣了片刻，说："宝清，你怎么来了？"想挣扎着坐起来，宝清示意他躺着别动，从兜里掏出一个红包，放在他的枕头边，说："这几天在信阳，听说这件事，过来看看。"左雪樵推辞说："不用，让你笑话了。"宝清说："一点心意，务请收下。"左雪樵说："谢谢，还是你有心。"

宝清在床边坐下，问："头部的伤怎么样？"左雪樵摇摇头说："颅脑损伤，头晕，总是想睡觉，幸好当时我听到身后风声不对，躲闪了一下，后脑壳没碎，不然就挂了。 不过，就算不构成轻伤，那两个歹徒暴力抢劫犯罪，肯定要进去踩几年缝纫机。"宝清点头说："嗯，那是自然，真是不幸中的万幸。"左雪樵叹口气，说："常言说好币没好命，多少好钱币被打了戳记，他妈的好人也没好命，无缘无故地挨这一砖。"

他提到了钱币，宝清顺势问道："我想再看看那枚'鄂豫皖'。"左雪樵一笑，说："你不都知道了嘛，是假币。"宝清摇了摇头，说："不可能，你在郑州给我看的，绝对是一枚真币。"左雪樵哈哈大笑，笑到一半戛然而止，龇着牙轻拍后脑勺，然后坐起来说："宝清，你果然是个聪明人。 那两个无知的凶顽小儿，竟然痴心妄想从我手里抢走'鄂豫皖'，真是太嫩了，这回让警察教他们如何做人。"

宝清心如明镜，果然不出他所料，左雪樵有一真一假两枚"鄂豫皖"。 不，狡兔三窟，他有三枚也说不定。 左雪樵说："你都看过了，没必要再看。"宝清说："我想买这枚币，诚心实意，万望成全。"左雪樵冷冷地说："你要它做什么？ 以你的人脉和资源，什么好币搞不到。"宝清说："我能搞到众多绝版珍稀好币，但想找这枚'鄂豫皖'并不容易，它毕竟只出自信阳商城县，是豫南这片土地独有的东西。"左雪樵问："有人托你买吗？"宝清说："不是，我只想收藏，当作一生陪伴之物，或许在晚年我会把它捐赠给河南博物院，让它结束漂泊，有个最终的归宿。"

左雪樵静静地看着宝清，像在揣度他的心意。

"我发誓绝不会拿它谋利。"宝清说。

左雪樵说："什么漂泊不漂泊的，跟我说这些都没用，这枚'鄂豫皖'我也很喜欢，闯荡这么多年，说到底我也是个玩币之人，别把人想得唯利是图，见钱眼开。"说着抬腿走下床。 宝清赶忙取下吊瓶，高举在头顶，走在他的身侧。 两人走到步梯口，穿过消防门，里面有一块过道的空地，寂静无人。 左雪樵说："有烟吗？ 来一根。"宝清掏出烟，给他点上。 左雪樵深吸了几口，推开墙边的玻璃窗，入神地看着窗外的城市，穿梭的人流，像个智者思考人生。

过了许久，左雪樵转过脸来，神情冷峻地看着宝清，说："你认真回答我一个问题，并且答案让我满意，可以把'鄂豫皖'让给你，我说话吐口唾沫是颗钉。"

宝清从这句话中没有听出任何慷慨之意，反而是脱离常规之举，像打开天窗说亮话。 终于等到这一刻，过去这几年，宝清一直没有和左雪樵有过坦诚交流。他是内心发虚，刻意回避，而左雪樵则像是视野狭隘，粗枝大叶。 他希望自己与左雪樵划清个边界，与他的生活绝缘，但从左雪樵这句话出口，宝清明白这都是假象，横亘在两人心里不可解释和描述的东西，永远都存在，并且对两人都是一种更深层次的束缚。

宝清说："行。"

左雪樵说："我说的话，代表我长久思考后的判断，不接受你的任何辩驳，因为那都没有意义，你只负责回答。"

宝清心里有点发冷，说："行。"

左雪樵以一种痛苦又急迫的语气连声发问："李沁玉是不是和你有一腿？她从信阳跑掉是不是与你有关？你知道她在哪儿对不对？"

他像是撕掉了身上的重重羁绊，吐露了压抑内心的全部疑问，包含了他的生活经验、内心直觉和理性判断，也囊括了他对李沁玉出走事件的全部认识。宝清很佩服他敏锐的感知力，或许当人的心灵富于想象的时候，总能够抓住生活中最微弱的线索。这并不是他的头脑发热，突发奇想，或者突然开窍，显然是一直对自己的遭遇有着深刻的洞察与理解。李沁玉的身形样貌浮现在宝清眼前，她那种忧郁而野性的魔力多么令人着迷，此刻却像绝望转动的赌命轮盘般令人窒息。两人都静静地站立着，一个头缠绷带，一个高举吊瓶，如同动物间的僵持与对峙，时间也静止了。

宝清说："你说一个问题，这是三个。"

毫无疑问，这是一种拖延的诡辩，并不是问题解决之策，但宝清被逼得没有退路。他曾多少次想过逃离，现在竟自投罗网，来到左雪樵面前接受一场道德审判。他迷失在真相与谎言之间，满脑子都是伎俩、借口、掩饰，碰撞得嗡嗡作响。

左雪樵说："请回答。"

宝清沉默不语，左雪樵是个极难捉摸的对手，他好像随时都能触及他怀疑的事物的本质，但恰恰正被一叶障目，身陷怀疑的桎梏。或许生活的谜团，永远需要当事者自己解开。别人去解，只能是曲解，解出的答案难以成立，抑或解无可解。

左雪樵又说："你们所有人都蒙蔽我，但终究我什么都会知道。"

他的话掷地有声，如同威严的诅咒，使宝清感到一种冰凉的恐惧，悄无声息地潜入自己缥缈灵魂的深处。谈话即将结束，像结束一场战役，而宝清觉得自己仿佛在战役中身中一支暗箭，虽然对手一无所知。

宝清想了想说："你的问题过于浮想联翩，无论我怎么回答，可能都不能让你满意。"

七

移动端拍卖时代来临，北京、上海的大币商，各建有自己专属的微信拍卖群，每晚十几个群同步拍卖钱币，围观和参拍人数甚至超过大部分现场拍卖会。 每个群都有币商安插的卧底，负责托价。 与此同时，抖音、快手等新媒体平台也涌现出许多币商主播，直播间里的托甚至比围观的粉丝还多，价格漫天飞舞。 往往同一枚币，头天在北京微信群八十万成交，第二天跑到抖音平台九十万成交，第三天又在上海微信群一百万成交。 这说明币都不在群主手里，只是拿钱币的图片蒙事，把新媒体平台搞成了炒作表演之地。

郑二砂和郑三甲每次来东方钱币社，都在探讨哪枚币可能是真实成交，哪枚币在哪儿被托飞了，哪枚币没有砍下非常遗憾。 宝清说："币不能这样玩，在他们狂欢的面具之下，也可能是绝望的面孔，如果被他们带节奏，把收藏搞成了击鼓传花的赌博游戏，最后你们自己被玩了。隔行如隔山，但隔行不隔理，好比如果只去德云社，你以为郭德纲唱的是京剧，直到有一天你听过周信芳的，才明白什么是真正的京剧。"

郑三甲说："师公，如果微拍价格是真实的，您柜台的藏品估计值一千个W。"

郑二砂说："哥，值八百个。"

宝清微微一笑，说："藏品好比人生信条，不要去估价。"

由于中国泉友众多，钱币市场广阔，美国P公司在上海设立中国办事处，中国老银币不用再寄往美国，送到上海办事处即可进行评级，免除海关报关的手续。几乎与此同时，江浙地区的老板携带热钱杀入收藏品市场，搅得钱币价格风起云涌，一路狂飙，好像一个万花筒。所有人都形成共识：玩收藏，跟随大部队走不会错的。而宝清却感觉自己被市场踢出局了，以往寻常过手的几万块一枚的钱币，现在动辄上百万，什么也买不起，如同龙困浅滩，只能望洋兴叹。

郑三甲说："师公，您柜台的藏品现在值一千二百个W。"

郑二砂说："哥，值一千个。"

宝清淡淡地说："藏家的生命之本在于拥有藏品，如此才拥有自由的天地。"

宝清感到有些厌倦，索性将柜台里一百多枚藏品从店里取回家。免得郑二砂和郑三甲天天在店里围观，评头论足，除了扰乱他们的心绪，并无他益。对他俩的说辞是，要把藏品制成拓片编入《国裔藏泉》。

编辑整理申老师的钱币拓片，像是对申老师收藏人生的一次再认识。自民国以来出版的钱币书籍众多，但一般对每个钱币品种只介绍四五个知名款式，互相重复雷同，鲜有新的突破与发现，申老师却凭一己之力将每个品种扩充至约二十个款式，每个款式都能讲出支支脉脉，集前人著作和自己实物发现之大成，令宝清震撼不已。申老师特别反对许多博物馆都在馆藏钱币上用毛笔写上一串编号的行为，有的还写在孙中山、张作霖、袁世凯、徐世昌、段祺瑞等人物的脸上，看上去像专家的任性涂鸦，钱币品相遭受极大破坏，这使他格外重视钱币拓片。钱币是过眼云烟，唯有拓片是至真纯美并且可以永久流传的。编完《国裔藏泉》初稿，宝清

郑重在扉页写上：中国裔主编，陈宝清整理。 他相信
这是一本钱币界前无古人的皇皇巨著。

宝清给申老师打电话，告知他已经编好了《国裔藏
泉》。 申老师问："你有何感想？"宝清说："看完你的
钱币拓片，我方知什么叫千丈飞瀑，什么叫深山大
壑。"申老师语重心长地说："你的晚清银币功夫，已经
超越为师，但在历代古钱方面，你还欠些火候，仍需努
力精进，不可有懈怠之心，满足于小成之境，这是我让
你编辑此书的用意之所在。"宝清感动不已，说："我一
定用功钻研，可惜不能在您身边日日请教。"

宝清想把《国裔藏泉》初稿交给出版社审读，寻求
公开出版，不料申老师拒绝了。"不用，好书如同好钱
币，因为稀少反倒更具有珍藏价值，那些拓片你留作纪
念吧，或者印十册足矣。 古钱币收藏大家方药雨，1907
年他将所藏的古钱拓本编辑成《方家长物》，仅印了二
十册赠送好友。 1925 年他又出版《药雨古化杂咏》，只
印了四十册分送同好，但他的钱币，后来成为中国历史
博物馆的基础藏品。"申老师如数家珍似的说，"中国泉
币学社社长、古泉泰斗丁福保 20 世纪 40 年代编辑《历

代古泉图说》，后来年纪大了，将书稿送给了马定祥，直到几十年后才经马定祥重新批注出版。"宝清说："明白了。"他知道申老师向往民国一代钱币大师朴素淡泊的人生境界，从未博取尘世浮名，现在公开出版倒真违背了他的初衷。

宝清萌生了一个新的想法，如果将申老师的钱币拓片和自己收藏的评级币放在一起展出，相互对照呼应，将是全国独一无二的钱币展览。台北张添根创办了鸿禧美术馆，收藏了顶级书画珍品。北京马未都创办了观复博物馆，收藏了明清瓷珍和家具。自己如果能有一座独栋别墅，创办一家钱币博物馆该有多么美妙。他把想法跟刘大美说，她笑得乐不可支，浑身发颤，说："想法很好啊，你真棒棒哒，但你首先得有一栋别墅！"宝清心里暗自回答："别墅我买得起啊，问题是若买别墅，我的藏品要卖掉大半，好比为买个漂亮的表带而卖掉了金表，这怎么行呢？"别墅与钱币的区别是，资金到位，再豪华的别墅都可一夜得之，而集藏这些钱币却耗费了十余年日夜求索、苦苦寻觅的光阴。当然如果刘大美知道他的藏品能买下一栋别墅，肯定逼着他立刻全部变卖，否则日子都没法过了。 他只能常常假装一个囊中羞涩的人。 或者这样说，搞收藏的人，都是对物质有独特理解的人。 对于灯红酒绿的物质，的确囊中羞涩；而对喜欢的珍稀钱币，却舍得一掷千金。与珍爱的钱币相伴，他宁愿身居为秋风所破的茅屋。梦想无法实现，常常因为深陷无法破解的充满悖论色彩的生活困局。 闲来无事的时候，宝清会拿些广东、湖北、四川铸造的清代普通龙洋给儿子玩耍，给他讲各省龙图的特征与区别，希望他将来能够传承衣钵。

郑二砂和郑三甲仍然热衷于挣钱的话题。 某个玩家，这拨行情挣了多少个 W。 某个玩家，哪枚钱币挣了多少个 W。 某个玩家，清仓出货套现了多少个 W。

宝清说："我们玩的是钱币，不是钱，也不是 W，别太俗，人有静心，便无俗情。"

郑二砂笑着说："这话有点虚。"

宝清又说："未来变幻莫测，你们要保持战略定力。"

郑三甲握紧拳头说："我们正在谋划战略。"

行走红尘寂寥人，案头美物慰平生。 对宝清而言，世间最安逸的事情，就是静夜闭门，伏案盘点这些年收集的龙洋。一条条龙从香樟木匣里取出来，有的法度森严，有的标致端庄，有的秀丽多姿，有的奇崛威猛，有的古拙狂野，虽然它们姿态千差万别，但只需半爪片鳞，宝清就能分辨它们。这些龙历经劫波与人相遇，像是明白只有物主能感受它们生命的气息，理解它们的尘世遭际，以至于落得如今独特的样貌和品相。它们是被时间废弃的遗珍，背后承载着广阔无垠的历史，与它们对视相处，乘物游心，宝清总能进入物中有我、我中有物、互相依存、物我两忘的隐身之境，如同一个与世隔绝的修士。它们美得令人绝望，宝清相信假若世界成了荒芜的虚空，它们会是治愈自己的唯一灵丹妙药。

这天，郑二砂和郑三甲来东方钱币社，身后带个文雅清瘦的年轻人。

郑三甲说："师公，这是我的徒弟，他是郑州国棉四厂的子弟，现在做黄金生意。他计划把同行召集起来，集中购币，集中展示，集中拍卖，我们共同打造一个绝不托价的纯净直播间，您在幕后帮我们过眼掌舵，我们要开天辟地，我们要越过山丘，我们要奔向星辰大海。"

郑二砂说："我们想买下世间最美的钱币。"

宝清问年轻人："你叫什么名字？"

年轻人恭敬地答道："我叫郑四棉。"

2023 年 12 月 18 日　郑州